El Asesino Temporal

Pedro López Murcia

ediciones sm

Dirección editorial: M.ª Jesús Gil Iglesias
Colección coordinada por Marinella Terzi
Ilustración de cubierta: Federico Delicado
Diseño de la colección: Alfonso Ruano y Pablo Núñez

Joaquín Turina, 39 - 28044 Madrid

Comercializa: CESMA, SA - Aguacate, 43 - 28044 Madrid

ISBN: 84-348-6782-6
Depósito legal: M-31898-1999
Preimpresión: Grafilia, SL
Impreso en España / *Printed in Spain*
Imprenta SM - Joaquín Turina, 39 - 28044 Madrid

A mis padres y a Pepe, D. m., que no ha podido leerlo.

I

El Asesino Temporal

«TODO EL UNIVERSO TAL Y COMO LO CONOCEMOS PODRÍA ESTAR EN PELIGRO», no se cansaban de pregonar los electrodiarios, tanto en los canales interestrellas como en las cadenas planetarias.

—Hablan como en esos viejos cómics de superhéroes antiguos que tanto te gustan —me decía Marcia inclinando un poco la cabeza.

Pero era verdad. Aquellos misteriosos asesinatos que antes no aparecían en los libros de historia que estudiábamos en la escuela ya habían empezado a provocar algunos cambios: el planeta Camelia se había desplazado muy ligeramente de su órbita, lo que había producido una extraña mutación en el sistema respiratorio de los camelianos, que ahora no resistían su propia atmósfera; en la galaxia Trimentor, de una gran tradición democrática, había surgido un sanguinario líder, Margol Sílex, que se dedicaba a exterminar cualquier oposición a su tiranía; otro hecho asombroso: los *Ligures* de Celestia, uno de los peores equipos de todo el cuadrante, ¡había ganado el campeonato intergalaxias! Era muy evidente para mí, pero Marcia no se daba cuenta.

—Tú no lo entiendes, Marcia, el peligro es muy real, *demasiado* real —mi énfasis en la palabra *demasiado* no pareció impresionar mucho a Marcia.

—Pero si seguro que atrapan enseguida a ese Asesino Temporal. He oído que Nicholas Cuff va a encargarse del caso —Marcia es siempre muy optimista. En realidad me gusta por eso. La conocí en el instituto. Ella venía de otro cuadrante, creo que a unos mil años luz, hacia la constelación del Príncipe, donde, me contó, se estaba volviendo muy difícil vivir por culpa de los piratas. Por eso su familia decidió venir a Celestia, la capital de la Confederación. Yo la conocí en la clase de historia del siglo XX, mi asignatura favorita. Éramos los únicos que conocíamos a los Beatles, uno de los pocos grupos de música de aquella era que había sobrevivido a la famosa guerra digital del siglo XXII, gracias a que sus grabaciones estaban flotando a salvo en el espacio, encerradas en una cápsula. ¡Cápsulas espaciales! ¡Adoro el siglo XX! Desde sus peculiares historias políticas hasta esa música tan rara, el *rock and roll*, que lograron exportar fuera del sistema solar. Nuestro profesor de Historia Estelar siempre dice que fue entonces cuando cambió el mundo por última vez. Después comenzaron las migraciones fuera de la Vía Láctea, y así se salvaron los hombres. Pero ahora el mundo estaba cambiando otra vez, y Marcia no se daba cuenta.

—¿Nicholas Cuff? ¿Nicholas Cuff, el detective? —exclamé.

—Pues claro que el detective, bobo. ¡No te van a encargar a ti el caso! —Marcia no puede evitar resultar ofensiva a veces. También me gusta por eso.

—Pero ¡tengo que hablar con él, contarle lo que he averiguado!

—Mira, Leonardo, no es por desilusionarte, pero tienes dieciséis años, lo que significa que ni siquiera puedes conducir transbordadores sónicos. ¿Cómo quieres que te escuchen? —decididamente, adoro a esta chica. ¡Si pudierais ver cómo le arden los ojos cuando habla!

—Pero, Marcia, soy el que más sabe sobre el siglo XX en este planeta, hasta el profesor Erotos lo reconoce —yo siempre encuentro argumentos contundentes para defenderme, lo que no evitó, por supuesto, que una cierta mueca de escepticismo y superioridad se dibujara en el absolutamente precioso rostro de Marcia.

—¡Genial! Ya me contarás qué tiene que ver aquel maldito siglo con toda esta historia... Además, me estoy hartando del tema, yo había venido a tu casa a hacer trabajos de intercomunicación subatómica, no a perder el tiempo con tus fantasías —ella es tan firme...

«... PUES INCLUSO EN LOS AGUJEROS NEGROS DE EL MAR DEL FANTASMA SE HAN PODIDO OBSERVAR OSCILACIONES DEL ESPECTRO», seguían machacando los electrodiarios a través de los microrreceptores.

—¿Puedes apagarlo, Leonardo? No puedo concentrarme en el trabajo si estás escuchando las noticias todo el tiempo —refunfuñó Marcia.

Estaba claro: ella todavía no había entendido qué tenía que ver el siglo XX con el Asesino Temporal. Sólo yo lo sabía. Iba a tener que contárselo.

—Marcia, ¿tú qué sabes del Asesino Temporal?

Marcia soltó el grafóctico y me miró como miran los zargales: con la resignación de lo inevitable. «Así es el mundo», parece decir esa mirada.

—¿Ya estás con eso de nuevo? En fin, yo no sé mucho, sólo lo que sabe cualquiera: que están apareciendo documentos y grabaciones desconocidos hasta ahora en los que se relatan grandes asesinatos y robos de los que no se tenía noticia.

—¡No! —grité—. ¡En absoluto! No se trata de que antes no se conocieran, es que *no habían ocurrido*, no figuran así las cosas en los libros de historia. Son asesinatos imposibles.

—Bueno, eso... Aunque no sé muy bien lo que quiere decir. Y luego están también todos esos fenómenos inexplicables, como que tu equipo gane por fin un campeonato —se rió Marcia. ¡Si ella supiera cómo me hace sentir esa risa!

—¿Y no sabes cuál es la relación entre ambos fenómenos? ¡Por eso eres tan despreocupada! La teoría oficial es que se trata de una inmensa trama que quiere cambiar el universo alterando hechos clave del pasado. ¡Imagínate lo que significa! Todo lo que conoces ahora puede cambiar de pronto. Incluso tú puedes desaparecer... —yo me excitaba terriblemente cuando hablaba de esto, no podía evitarlo, pero Marcia no se daba cuenta... Ella es capaz de mostrarse del todo inconsciente para lo que no le gusta.

—Desde luego, Leonardo, eres un alarmista. Tampoco entiendo por qué le llaman el Asesino Temporal.

Ésa era una buena pregunta. Apenas hacía unos meses que habían empezado a descubrirse las huellas de los asesinatos (yo creo que cuando el asesino quiso que se hiciera), y nadie supo, al principio, cuál podía ser el origen de aquellos crímenes, y mucho menos aún cuál era el motivo. Nadie, hasta que Nicholas Cuff dijo en una entrevista aérea que el asesino debía de provenir de nuestro propio tiempo. La sorpresa y el revuelo que aquella teoría causó en todo el universo fue la causa de la presencia constante del asunto del Asesino Temporal en las noticias. A fin de cuentas, era el primer asesino de la historia que tenía a su disposición una máquina de Disolución Cronal, un prototipo que, hasta entonces, habían mantenido en secreto los investigadores del gobierno.

—Pues porque viaja en el tiempo para cometer sus asesinatos, por eso. Parece una razón suficiente, ¿verdad? —yo trataba de ser amable con Marcia, pero es que a veces me pone un poco nervioso.

—Pues aún no entiendo por qué quiere matar a gente que ha vivido hace tantísimos siglos. ¿Qué beneficio puede sacar de eso? —como veis, a Marcia hay que explicarle las cosas varias veces, sobre todo cuando habla por hablar.

—¿Nunca escuchas lo que se te dice, Marcia? Ya te lo he dicho: para cambiarlo todo. Seguramente, han hecho una predicción de caos... —dejé caer aquella expresión sabiendo que iba a impresionarla. En efecto:

—¿Una predicción de caos? ¿Qué sabes tú de las predicciones de caos? Eso es algo muy difícil de entender —Marcia empezaba, por fin, a mostrarse interesada por lo que yo decía... Con lo que me gustaba, y ella no se daba cuenta.

II

Las rosas de Cuff

—Creo que fue cuando mi antepasado resolvió el caso de la Piedra Lunar... —iba despreocupadamente diciendo el gran Nicholas Cuff mientras aspiraba el aroma de una rosa jupiterina. El periodista no sabía muy bien dónde se había metido. Creía que la exclusiva de una entrevista con el más famoso de los detectives galácticos iba a resultar un gran triunfo en su carrera profesional, pero no contaba con la tendencia a divagar que caracterizaba a Cuff. No, no iba a ser un trabajo fácil.

—Sí, muy bien, pero ¿por qué le han encargado a usted el caso del Asesino Temporal?

—¿Ha visto usted alguna vez una rosa azul? —Cuff enarbolaba orgulloso un ejemplar de *zarcalea rosata*, la famosa rosa azul mineral que se encontró en los cráteres de Soltius, el planeta fluido. Se decía que su esencia podía incluso adormecer a una manada entera de zardias. Pero, claro, al periodista no le interesaba nada de todo aquello...

—No, no... Decíamos que el caso del Asesino Temporal...

—Entonces usted ignora que este color azul desafía todos los análisis de espectro... Curioso... —Cuff, *sir* Nicholas en alguno de los planetas de la Confederación, no podía soportar a las personas que no se interesaban por sus rosas... El periodista ignoraba lo cerca que se encontraba de ser expulsado de la casa del detective.

—Sí, claro, me gustan las rosas, pero... Verá, mi jefe quiere que esta entrevista se irradie hoy desde Antena Flotante y, bueno, es mi trabajo... Si no le importa... —el periodista acercaba solícito el micrograbador, mientras Cuff parecía recuperarse súbitamente del estado de éxtasis que le provocaba el olor de la rosa azul...

—¿Que por qué me han encargado a mí el caso? Podría resultar ofensiva su pregunta, ¿sabe? Le disculpa, en cierto modo, su juventud... Usted, sin duda, no ignora que soy el único capaz de rastrear a un asesino que se mueve con soltura a través de todos los pliegues temporales... Incluso ha podido, según creo, salvar el límite conocido hasta ahora en uno de los saltos de tiempo, que era de diez siglos, año más, año menos. Como mínimo sé que ha actuado en el siglo XX, y sospecho también que incluso puede retroceder aún más... Tiene unos conocimientos asombrosos... Y su plan, tan enorme, tan grandioso...

El periodista trató de aprovechar la pequeña pausa que hizo *sir* Nicholas para introducir otra pregunta:

—Sí, su particular teoría... ¿Puede usted decirnos algo acerca de las verdaderas intenciones del asesino?

—Quiere transformar el universo entero. ¿Cómo? Aún no lo sé. ¿Para qué? Lo ignoramos, pero seguro que para su propio beneficio. ¿No hacen todos lo mismo? He tratado con muchos criminales a lo largo de mi carrera, ¿sabe?, y ninguno es un benefactor de la humanidad precisamente... Recuerdo aquel caso, en Aeria... ¿Cómo se llamaba aquel tipo? ¿Tristán Cóslar? No, no...

—Zósimo Cuéllar, *sir* Nicholas —el periodista demostraba que, efectivamente, había hecho sus deberes.

—¡Exacto! Zósimo Cuéllar... Sí, vaya un personaje. Alteró todos los sistemas de alimentación acuosa de Aeria, matando a más del ochenta por cien de la población... ¿Y sabe cómo le atrapé?

—Sí, era el único habitante que poseía un filtro de Moebius... Pero ahora, señor Cuff, a nuestros teleoyentes lo que les preocupa es este Asesino Temporal... Sus tesis han sembrado cierta alarma... Y encima el gobierno le encarga a usted el caso... ¿Por qué no a los miembros de la CGI? ¿O a la policía espacial?

—¿A esos inútiles? Pero ¿no recuerda usted lo que pasó cuando quisieron aclarar todo el lío de Anthrax, que casi provocan una guerra con los espúreos?

—¿Puedo citar eso, que usted piensa que la CGI y la policía espacial son unos inútiles?

—Además, tenga usted en cuenta que soy el más experimentado crononauta de la Confederación... —Cuff era un especialista en no contestar a las preguntas que le molestaban. Él y el periodista iban recorriendo los pasillos del invernadero del detective, paseaban entre arbustos enormes de rosales de piedra y de rosas de fuego, entre olores enigmáticos y familiares, escuchando el zumbido sordo de los abejorros que Cuff había tenido que importar del planeta de Antigüedades Terrestres. «Mis rosas los necesitaban», solía decir.

—Todo eso es bien sabido, *mister* Cuff, pero que sea usted quien realiza la investigación no tranquiliza mucho a la gente. Todos piensan que debe de tratarse de algo gordo... Mucho más serio de lo que pretenden hacernos creer...

—el periodista empezaba a demostrar que, a pesar de su oficio, era aún capaz de plantear de forma inteligente una cuestión... Ello provocó un brillo de aprobación sumamente fugaz en las pupilas de Cuff, quien miró fijamente por vez primera al periodista. Era un joven de nariz alargada y piel muy blanca, con unos anteojos pasados de moda y ese inequívoco aire de esfuerzo permanente que delata la procedencia de alguno de los planetas Ceres, los graneros de la Confederación.

—Su origen campesino le va a proporcionar muchas ventajas, tal y como va el mundo —le dijo Nicholas Cuff mientras le presionaba suavemente en el codo, con la intención de conducirle a la avenida Purpurata, donde descansaban las mejores joyas de su colección de rosas—. Indudablemente, muchas ventajas...

Sin embargo, al periodista pareció avergonzarle que Cuff hubiera descubierto tan rápidamente su origen. En el fondo estaba muy orgulloso de haber perdido el característico acento de los cerianos, y pensaba que se había integrado perfectamente en el ambiente distendido y cosmopolita de la gran ciudad. Pero ahora estaba trabajando, y en la universidad le habían enseñado a no mezclar, nunca y en ningún caso, los sentimientos personales con el trabajo. Por eso insistió con su cuestionario:

—Si no le importa, podríamos revisar los hechos...

—¿Los hechos? —casi gritó Cuff—. ¿Quién sabe lo que son los hechos? Nadie sabe eso, y menos ahora, cuando resulta que nos están cambiando el pasado... ¿Queda algún hecho firmemente establecido hasta ahora que no se esté tambaleando por culpa de este maldito asunto? ¿Se da usted cuenta de la importancia del caso? ¿Comprende por qué me tenían que encargar a mí la investigación? Los hechos, los hechos. Ah, pero yo voy a atrapar a ese asesino, eso se lo garantizo. Yo, Nicholas Cuff, le juro a usted, y a todos sus teleoyentes, que voy a detener al Asesino Temporal y que lo voy a hacer antes de que provoque una nueva victoria de los *Ligures* en el campeonato intergaláctico... Eso sería in-to-le-ra-ble —Cuff pronunció meticulosamente cada una de las sílabas—. Sí, intolerable —repetía británicamente *sir* Nicholas, cosa que se podía disculpar, por más anticuado que sonase, porque en toda la Confederación se conocía el origen victoriano (*terra XIX*, le llamaban a ese estilo) de la familia Cuff.

—Sí, sin duda tiene usted razón, pero los oyentes... —el periodista temía que Cuff volviera a irse por las ramas, arruinándole la entrevista— los oyentes querrán saber qué datos se pueden manejar con confianza... Por ejemplo, ¿es cierto que el asesino dispone de un prototipo del módulo de Disolución Cronal que experimentaba el gobierno?

—Absolutamente, puede usted jurarlo por la rosa jupiterina —le contestó Cuff, que, por fin, empezaba a adoptar la actitud-telegrama, lo que en el fondo significaba que se estaba aburriendo mortalmente.

—¿Es cierto que el primer asesinato que se descubrió fue el del general Espectro IV, que había conseguido derrotar a los invasores durante las segundas guerras solares?

—Completamente, querido amigo.

—¿Y es verdad que aquel asesinato, que nunca se había producido, hizo que la historia del planeta Cástor cambiara, alejándolo de la Confederación?

—Bueno, Cástor es un planeta muy pequeño y muy lejano...

—¿Es cierto o no? Le ruego que se ciña a la pregunta.

Cuff no advirtió el repentino tono judicial que exhibía el periodista.

—Tan lejano y pequeño que casi nadie se preocupa por él. No hay modo de saber por qué pasan las cosas...

—Esquiva usted la respuesta...

—¡Pero ésa es mi teoría precisamente! Claro que el asesinato de Espectro IV cambió la historia de su planeta, ya lo sabe usted. El general no sólo había sobrevivido a la guerra, además había conquistado el poder político, integrando a su planeta en la Confederación. Y ahora, unos cuantos siglos después, resulta que alguien lo asesina antes de que conquiste realmente el poder. Muy sospechoso, ¿verdad?

—Sí, muy sospechoso, sobre todo si lo unimos a los otros datos de los que disponemos... ¡Eh, señor Cuff! —infructuosamente intentaba el periodista atraer de nuevo la atención de Cuff, que se había adelantado a saludar a una hermosa mujer que avanzaba por la avenida, semioculta por un velo de color champán.

—La entrevista ha terminado, joven —se despidió victoriosamente *sir* Nicholas del infeliz periodista.

III

Predicción de caos

Cuando Leonardo me invitó a estudiar aquella tarde en su casa, pensé que quería decirme algo especial. Desde que lo conozco llevo esperando que me diga algo especial. Pero es tan tímido, Leonardo. Creo que por eso se refugia tanto en el pasado. Tiene una enfermiza obsesión por el siglo xx. Dice que el mundo empezó de verdad cuando el siglo xx terminó, y que por eso aquél es un mundo perdido. Lo sabe todo sobre aquella época: colecciona sus cómics (unos antiquísimos gráficos de aventuras coloreadas en soporte de papel), escucha su música —lo único aceptable es un grupo anterior a las holograbaciones que se llama los Beatles—, conoce su historia, sus objetos, sus pasiones... Su padre está harto de pasar los fines de semana viajando en transbordador al planeta Antigüedades Terrestres, un auténtico paraíso donde Leonardo encuentra todo lo que adora. Después de la destrucción del sistema solar en las primeras guerras solares, todo lo que se pudo salvar —objetos, muchos objetos absurdos, pero también especies animales y vegetales, edificios, ciudades enteras— se encuentra en ese planeta-museo. Leonardo, claro, siempre visita el espacio «Siglo XX», donde se gasta todo lo que ahorra en ordenadores (una anticuada herramienta que, por lo visto, se usaba en la Tierra durante los siglos XX y XXI, y que entonces creyeron que serviría para salvar su planeta), en cómics y en libros viejos, sobre todo si tienen mapas... ¿Por qué será tan ciego?

Cuando estoy con Leonardo, me gusta fingir que no comprendo nada. ¿Por qué? Simplemente, porque me encanta lo seguro y vehemente que se pone cuando explica las cosas. Entonces estaba tan obsesionado con todo aquel asunto del Asesino Temporal que no podía hablar de otra cosa. Por eso sabía que aquella tarde no íbamos a trabajar nada, que pretendería contarme todas sus teorías. Sin embargo, esta vez Leonardo consiguió sorprenderme con algo.

—Una simple predicción de caos, Marcia, una predicción de caos... —decía Leonardo el Misterioso, mirándome como si yo debiera caerme rendida a sus pies. Lo cierto es que aquello me interesaba mucho, quizá porque mi padre trabajaba precisamente como predictor.

—Pero, Leonardo, tú no puedes saber nada de predicciones de caos, es algo muy complicado —como siempre, yo procuraba llevarle la contraria.

—Bueno, he leído algo, y he hablado con la profesora Berta...

—La profesora Berta es amiga de mi padre, trabajan juntos.

—¿En serio? ¿Tu padre conoce a la profesora Berta? Pero ¿en qué trabaja tu padre? —Leonardo me miraba con avidez. El asunto parecía más importante de lo que yo creía.

—Pensaba que sabías que mi padre es predictor... —ahora era yo quien adoptaba cierto aire de superioridad. Leonardo casi se desmaya cuando lo oyó.

—¿Predictor? ¿Predictor del gobierno? Pero, pero..., entonces...

—Sí, predictor. ¿Por qué crees que tuvimos que huir de la constelación del Príncipe? Porque los piratas pretendían secuestrarle y que realizara las predicciones para ellos...

—Sí, sí, claro, pero... tu padre tiene que saber algo del Asesino Temporal, tiene que saber lo que se propone... Predictor... *¡Guau!* Tengo que hablar con él.

—Mi padre dice que todo esto del Asesino Temporal no es más que un invento de las aerocadenas para conseguir publicidad —yo no hacía más que pincharle, pero Leonardo estaba ciego.

Cuando llegamos a Celestia todo era nuevo para nosotros. Mis padres nunca antes habían venido a la capital. Claro que la habíamos visto en las holoquinesis, con todos sus edificios flotantes, sus barrios aéreos, los parques que había en cada estrato... Pero lo que más me gustó de Celestia fue el instituto. No eran sólo las instalaciones —pistas de deslizamiento lumínico, una gigantesca holosala, incluso un pequeño estadio para jugar al estrámbol—, ni tampoco los profesores, que eran muy agradables, como la profesora Berta y el profesor Erotos (claro que también habría que contar con el señor Pertus, que siempre se fijaba sólo en lo que hacíamos mal), ni siquiera los compañeros, como Leonardo, tan distintos de otros jóvenes que yo había conocido en el Príncipe... Creo que era todo eso junto lo que significaba: una nueva vida, diferente de la anterior, más libre... Y Leonardo, que me gustaba más que ningún otro chico...

—Ya, eso es lo que te dice a ti. ¡Publicidad! ¡Qué inconsciencia! En serio, creo que debemos hablar con tu padre.

—Bueno, pues si quieres venir a casa, primero tendrás que explicarme qué tienen que ver las predicciones de caos con todo esto.

—Las predicciones de caos son un método para poder anticipar lo que ocurrirá en el futuro dentro de un sistema complejo, pero tú ya sabes eso... El asunto es que, hasta ahora, se cree que los crímenes del Asesino Temporal pretenden alterar el futuro, nuestro presente, pero esta teoría tiene un inconveniente: ¿cómo puede saber el asesino el cambio que su acción en el pasado provocará en el futuro? La solución: mediante una predicción de caos —Leonardo terminó de forma triunfal su exposición sólo levemente científica, y fue entonces cuando los ojos le brillaron como el día en el que le conocí.

—Venga, Leonardo —le contesté—, tú sabes que es imposible aplicar una predicción de caos para todos los sucesos del universo al mismo tiempo; es demasiado complicado... Las predicciones que hace mi padre se refieren más bien al clima, a la probabilidad de vida en cuadrantes remotos, incluso a calcular las pequeñísimas posibilidades de que los *Ligures* vuelvan a ganar el campeonato... —me burlaba de él, claro.

—Marcia, esto es muy serio, no me gusta que bromees. Si el asesino ha sido capaz de robar un prototipo del gobierno, y de realizar saltos temporales de más de diez siglos, ¿por qué no iba a ser capaz de hacer predicciones, aunque sean tan complicadas como ésta?

—Pues porque sería un genio, nadie en toda la Confederación es capaz de hacerlas.

—No, en la Confederación no. A lo mejor, fuera de ella...

—Pero tú no sabes nada de los mundos extraconfederativos, nada. Sólo es una hipótesis, y ya que hablamos de ello, altamente improbable.

—Sí, tienes razón, pero sigo pensando que nos falta muy

poco para comprenderlo. A lo mejor si hablara con tu padre...

—Pero ¿te das cuenta, Leonardo, de que quieres hablar con todo el mundo? Primero, con Nicholas Cuff; ahora con mi padre; seguro que acabas pretendiendo que te reciba la propia comisión. O el director Esquíner —Esquíner era el director de nuestro instituto, y Leonardo se llevaba particularmente mal con él, sobre todo desde el día en el que, en una conferencia de inauguración de curso, Leonardo le corrigió un dato histórico erróneo que el director había utilizado en su discurso.

—Sí, quería hablar con Nicholas Cuff para decirle lo que he averiguado.

—No, lo que has averiguado no, sólo lo que sospechas, tus ideas —le interrumpí.

—Bueno, qué más da, de todos modos sigo queriendo hablar con Cuff, pero ahora que sé que tu padre es predictor, prefiero hacerlo antes con él, me puede ayudar a completar mis teorías. Así Cuff me haría más caso... —Leonardo es un soñador.

—En fin, Leonardo, estás llevando esta broma demasiado lejos. Sólo eres un crío, ¿qué te hace pensar que sabes más que todos los investigadores del gobierno? ¿Crees que no tienen expertos a los que ya se les habrán ocurrido ideas como las tuyas? ¿Por qué te van a hacer caso? —pensé que era mi obligación decirle a Leonardo la verdad, pero mientras hablaba me iba dando cuenta de que ya no me escuchaba, de que su inquieto cerebro estaba dedicado a anticipar la conversación con mi padre. Era increíble. Ciego y estúpido.

—¡Leonardo! —le grité—. ¿Vas a escucharme? Tenemos mucho que estudiar y tú sólo consigues que pierda el tiempo...

—Marcia, ¿puedo ir esta noche a cenar a tu casa, por favor? Mis padres van a salir, y no me apetece quedarme solo.

Me habría gustado tanto que viniera cada noche a cenar a casa... Y justo me lo decía cuando no era yo quien le interesaba, sino mi padre. Me entraron ganas de arañarle y darle una gran patada en la espinilla.

—Esta noche no sé. Viene la profesora Berta a cenar a casa con su novio. Tendría que avisar a mi madre...

—¡También va la profesora Berta! Perfecto, Marcia, así podemos ayudarnos entre todos —Leonardo estaba cada vez más complacido con la idea de la cena en mi casa.

—¿Y por qué no cenamos aquí tú y yo? Aún no hemos terminado ni la mitad del trabajo de intercomunicación subatómica. Podemos encargar comida cartriana... —un último y desesperado intento por mi parte de que Leonardo el Invidente se diera cuenta por fin...

—¡Puaj, comida cartriana! ¿Tú no sabes que lo fríen todo con grasa de carmelio? Anda, Marcia, vamos a tu casa. Nunca comprendes la importancia de las cosas...

No, claro, yo no comprendía la importancia de las cosas. Marcia la Inútil. Desde luego, Leonardo sabía cómo sacarme de mis casillas.

—Pues esta vez no te creas que voy a ayudarte a terminar tu trabajo.

—¿Puedo ir o no? Por favor...

—Primero tengo que hablar con mi madre.

—Puedes usar mi transmisor, está encima de los libros de historia estelar.

—Está bien, espera...

Y ya os podéis imaginar lo que pasó. Mi madre estaba

encantada con que Leonardo viniera a cenar —«un chico tan inteligente y hablador»—, lo mismo que mi padre —«podré jugar al ajedrez con él», gritó al otro lado del comunicador—, así es que... no hace falta decir más.

LAS VOCES OSCURAS (INTERLUDIO)

Escuchamos unas voces en medio de la oscuridad, unas voces sin cuerpo. No sabemos cuántas son, y tampoco cómo son. Son voces oscuras.

UNA VOZ: Ha llegado un mensaje de frecuencia densa por los conductos codificados.

OTRA VOZ: ¿Habéis avisado a los intérpretes?

UNA VOZ: Sí, viene el grupo de Xéntrix. Debe de tratarse de una nueva predicción.

La espesa oscuridad se ve de pronto partida por un finísimo rayo azulino que provoca una especie de oleada apenas visible dentro de las tinieblas de la sala, como si la negrura que allí reina fuera la superficie de un espejo.

VOCES: ¡Él viene!

UNA VOZ: Hay que avisar a Heriberto Heliogábalus Dolor.

De pronto, de la oscuridad parece separarse un trozo, como si su realidad estuviera hecha de diferentes capas. Suena como un chapoteo, pero no parece afectar a las voces.

UNA VOZ: El capitán Heriberto estará aquí enseguida.

OTRA VOZ: Más valdría que llegara antes que Él. Querrá saber qué dice el mensaje, y como se trate de otra predicción...

UNA VOZ: Si es una predicción, tendremos suerte si HHD no tiene alguna de sus citas en el sector Venusia.

OTRA VOZ: Protesto. El capitán Heliogábalus es un hombre de honor, y tiene un compromiso con nosotros.

OTRA VOZ: Sí, de honor, qué duda cabe. Recuerdo aquel compromiso que tenía también con los reptiles de Xintra, tu capitán Dolor. Ahora sólo pueden verse lagartos dentro de botellas de cristal. HHD sólo tiene compromisos consigo mismo.

UNA VOZ: Aquello fue diferente. Él no le permitiría ninguna frivolidad en este asunto, y parece que el señor Heriberto ha comprendido esta vez que las consecuencias que traería un irresponsabilidad por su parte serían demasiado graves, incluso para su propia manera de vivir.

Un vivísimo estallido de luz azul ilumina durante un segundo la sala oscura. Se puede sentir, incluso sin verla, la poderosa energía que emana del recién llegado.

UNA VOZ: ¡Capitán Heriberto!

OTRA VOZ: ¡Capitán Heliogábalus!

UNA TERCERA VOZ: ¡Capitán Dolor!

TODAS: ¡Capitán Heriberto Heliogábalus Dolor!

El recién llegado no parece especialmente interesado en contestar a aquellas voces. Arroja a un lado su mando de teletransporte, y ruge:

HHD: ¡Néctar!

En la negra espesura de la sala se produce una nueva ondulación. El capitán Dolor sacude impacientemente sus brazos. Ha acudido a aquella convocatoria de las voces con uno de sus disfraces favoritos: gánster de la primera mitad del siglo XX. Mientras espera su néctar, se entretiene en alisar el ala de su sombrero. De pronto, un nuevo y más brillante resplandor azul hace temblar a las Sombras de la sala.

UNA VOZ: ¡Él!

OTRA VOZ: ¡Él!

UNA TERCERA VOZ: ¡Él!

TODAS: ¡¡Él!!

Y, claro, ante tanta unanimidad, Él no tiene más remedio que aparecer. Sin embargo, vais a disculparnos que no podamos ofreceros una descripción del líder de las voces, pues no resulta visible. Todo lo que se percibe es una diferente densidad en el aire oscuro, una palpitación.

ÉL: ¡Néctar!

Esta vez el revuelo de las Sombras es tan manifiesto que incluso HHD no puede evitar dar un respingo.

UNA VOZ: Eminente, hemos recibido una comunicación...

OTRA VOZ: Sí, creemos que puede ser otra predicción...

HHD *(con displicencia)*: ¡Trabajo!

ÉL *(arrastrando mucho las sílabas)*: ¿Dónde están los traductores?

Los revuelos empiezan ya a ser ciertamente molestos. El capitán Heliogábalus expresa su disgusto con un fuerte escupitajo.

HHD: ¡Eh, que es una costumbre terrestre! Es parte del disfraz...

No ha terminado el capitán su frase, cuando un agujero de luz se abre en algún sitio y aparece una cuadrilla de minúsculos insectoides con las cabezas llenas de antenas.

VOCES: ¡Los traductores!

UNA VOZ: ¡Por fin!

OTRA VOZ: ¡Rápido, el mensaje!

Uno de aquellos insectoides se adelanta y abre una pantalla en el aire con un movimiento de su antena. Entonces, lee:

> Si asesinar Donald Blake, 1967, Nueva York, médico, siglo XXVIII desastre natural en Melibeas,

> mitad de la población desaparecida, siglo XXX erupciones de la estrella en la galaxia del Escualo, media galaxia destruida, consecuencias menores: desaparecen casi todos los poetas ambarinos del siglo XXXI en Celestia, no nace el Libertador de Sandalia, nunca se descubre Utra...

ÉL: ¡Para! Con que Utra...

Parece que Él está impresionado por aquella consecuencia menor.

HHD: ¡Vaya unos traductores...!

ÉL: Capitán Heriberto Heliogábalus Dolor, debe usted viajar de nuevo al siglo XX. Prepárese para el salto.

HHD: Bien, creo que dejé un asuntillo pendiente precisamente en Nueva York, pero ¡vaya traductores que tenéis! Yo los fumigaría a todos.

Un nuevo y enorme resplandor azul acaba con la reunión.

IV

UN EXTRAÑO DIBUJO

MARCIA QUERÍA QUE fuéramos a su casa utilizando los transportadores de energía mental, pero pude convencerla de que las viejas bicicletas que me regaló mi padre en mi último cumpleaños serían mucho más divertidas. Además, siempre podíamos usar la proyección de energía para salvar los diferentes estratos que había que subir hasta su edificio. Marcia es decididamente más moderna que yo. «Se te van a atrofiar las piernas», le digo siempre, pues Marcia es muy sensible a cualquier comentario que afecte a su cuerpo. Pone cara de superioridad resignada, suelta un suspiro, y hace lo que yo le digo. A mí me encantan las viejas bicicletas que hay que mover con la fuerza de los músculos. Resulta muy excitante ver cómo se mueven los muslos de las chicas al pedalear, especialmente si son tan hermosos como los de Marcia. Me recuerdan las erupciones verticales de luz verdosa de nuestra estrella...

—Esto de las bicicletas resulta agotador, Leonardo —resopló Marcia.

A pesar de sus protestas, yo pude darme cuenta de que, en el fondo, le encantaba todo el aspecto antiguo que ofrecíamos a los paseantes del parque, cómo todos se nos quedaban mirando como si fuéramos una extraña aparición sacada de alguna holoteca. Y de que disfrutaba también de la felicidad del aire acariciando su cara y echando hacia atrás sus cabellos...

En otras circunstancias, habríamos prolongado el paseo todo lo posible, pero aquel día yo tenía mucha prisa por llegar a casa de Marcia. La perspectiva de una cena con su padre y con la profesora Berta me excitaba terriblemente; por fin podría contarle a alguien mis teorías sobre el asesino, demostrar que no eran locuras.

Cuando llegamos a la casa, la profesora Berta y su novio aún no habían llegado. Don Zúsculo, el padre de Marcia, me esperaba impaciente, con el tablero de ajedrez preparado para que jugáramos una partida mientras terminaba de cocinarse la cena y venía el resto de invitados.

—Pasa, Leonardo, creo que hoy voy a poder ganarte...

El padre de Marcia casi nunca podía jugar al ajedrez. Yo era la única persona entre sus conocidos que sabía las reglas de aquel extraño y arqueológico juego que descubrimos una vez en Antigüedades Terrestres, y por eso se empeñaba en que jugáramos cada vez que yo iba a visitar a Marcia. A mí me gustaba el ajedrez, y no me importaba jugar con él, a pesar de que lo hiciera bastante mal. Aquella noche, sin embargo, mi mente estaba concentrada en otros asuntos.

Marcia había ido a buscar a su madre, que estaba bastante preocupada porque la profesora Berta no comía especies que provinieran de aquel sistema («las radiaciones verdes de nuestra estrella no son asimilables por nuestro aparato digestivo», repetía siempre en sus clases), y ninguno de los servidores a domicilio preparaba recetas extracuadrante.

—¡Y vete tú a saber lo que comerá su novio...! —pude oír al fondo del pasillo cómo protestaba doña Claudia, con infinita resignación.

Imaginé a Marcia cabeceando incrédula ante la desazón de su madre, tratando de convencerla de que la vida era mucho más sencilla de lo que ella pensaba.

—Estás distraído, Leonardo —me decía el padre de Marcia.

—Verá, señor, es que me preocupan algunas cosas...

—¡Oh, preocupaciones de adolescente! ¡Qué dulce edad! Pero ahora estás jugando al ajedrez, Leonardo, y eso es sagrado.

—Sí, señor Gavrial.

—¡Y no me llames señor, y menos por mi apellido! —Gavrial era el apellido del padre de Marcia. Marcia Gavrial, la primera vez que lo oí fue en el instituto, cuando la presentó la profesora Berta como alumna nueva, Marcia Gavrial, y a mí aquel nombre me sonó como una aventura.

—Claro..., Zúsculo —dije tartamudeando. No me acostumbraba a llamarlo así.

Los movimientos del padre de Marcia con las piezas de ajedrez resultaban tan torpes como otras veces, siempre se olvidaba alguno de sus caballos en algún rincón del tablero, o no se daba cuenta de que mi dama amenazaba con devorar todas las defensas de su rey. Pero ahora yo conocía algo del padre de Marcia que antes no sabía y se me escapó una exclamación:

—¡No comprendo cómo un predictor puede jugar así al ajedrez...! —enseguida me di cuenta de que aquél había sido un comentario tremendamente torpe por mi parte. Una cosa es que le permitan a uno el tuteo, y otra bien distinta que se admitan de buen grado ciertas críticas sobre la manera de jugar al ajedrez. Sin embargo, el modo salvaje en que me miraba me delató que se trataba de algo más que de una simple ofensa a un jugador orgulloso.

—¿Qué quieres decir? —casi me gritó el señor Gavrial.

Yo noté cierto temblor en sus párpados, un tic que también descubro en Marcia cuando se pone nerviosa.

—Pues, nada, bueno, que se supone que un predictor es capaz de adelantar lo que puede suceder dentro de un sistema en unas condiciones dadas, y parece que el ajedrez es ideal para aplicar esas ideas...

—¿Y quién te ha dicho que yo soy predictor? —ahora sí que fue ya un grito auténtico. Tanto me sorprendió que tiré sin querer las piezas del tablero de ajedrez.

—Yo..., yo... —no sabía qué decir, me sentía como si estuviera traicionando a Marcia.

Zúsculo Gavrial me miraba, además, como si mi rostro y todo mi cuerpo estuviera hecho de vidrio, como si quisiera encontrar algo dentro de mí que no pudiera explicarse con palabras. Empecé a sentir un poco de miedo. Nunca lo había visto así.

—Es que no sabía que fuera un secreto... —me atreví a decir por fin.

Por fortuna, en ese momento entraron en la habitación Marcia y su madre con una bandeja de bebidas y pequeños bocadillos de armal y lechugas azules de Drimba.

—Mientras llegan la profesora Berta y su acompañante... —empezó a decir Marcia, dejando la bandeja sobre una de las mesillas flotantes.

—Pero aún no hemos terminado la partida, Marcia —dije yo, tratando de reconciliarme de alguna forma con su padre.

—Oh, no tiene importancia, de todas formas ya estaba prácticamente perdido. Esto del ajedrez no parece ser mi fuerte... —don Zúsculo había vuelto a ser la misma persona afable y protectora que yo conocía. Sin embargo, creí percibir un fugaz brillo de acusación en la forma como miraba a su hija. Pensé que era mi obligación decir algo, lo que fuera, que excusara a Marcia. A fin de cuentas, había sido yo el principal interesado en todo aquel asunto de las predicciones de caos.

—Marcia —empecé—, le decía a tu padre que los predictores...

Por el sonrojo repentino que apareció adornando el rostro de Marcia me di cuenta de que aquella conversación podía resultar incómoda. La verdad era que Marcia no me había dicho que todo el asunto de las predicciones fuera tan secreto, así es que yo no podía saber que su padre iba a molestarse por ello...

—Marcia, cariño —me interrumpió don Zúsculo—, sabes que el trabajo de predictor es muy importante, y que no debes ir diciendo por ahí cuál es mi tarea... Que la discreción es esencial... Recuerda cómo tuvimos que huir del Príncipe... —los rostros de Marcia y sus padres se ensombrecieron durante un momento. En sus expresiones pude ver las huellas de una vida perdida.

—Sí, papá, lo sé, pero se trataba de Leonardo, le conocemos de sobra... Además, tiene una teoría que quería comentar contigo, algo sobre el Asesino Temporal... Uno de sus disparates...

—En realidad, señor —intervine yo—, todo este lío es culpa mía, yo fui quien le sacó a Marcia que usted hacía predicciones para el gobierno...

Pero don Zúsculo no parecía escucharme. Tenía la típica mirada de pensar de los Gavrial, con los ojos vueltos hacia un espacio invisible.

En ese momento sonó el timbre que avisaba de la llegada de un envío por el transmutador. Aquel sonido rompió el hechizo que nos envolvía. Todos cambiamos de postura, como aliviados de que algo exterior nos ayudara a salir de aquella situación.

—Debe de ser la comida dareliana que esperamos... Voy a ver —dijo doña Claudia.

—No, mamá, ya voy yo —se apresuró Marcia a levantarse.

—Te acompaño —aproveché la ocasión para salir con Marcia. Tenía que disculparme, o decirle lo que fuera.

—¿Por qué se lo has dicho? Ahora estará enfadado conmigo —me susurró Marcia nada más salir del salón.

—Pero, Marcia, no me dijiste que era secreto, y tú sabías que venía a contarle mi teoría porque él es predictor, así es que... Además, ya no parecía enfadado.

—Sí, mi padre nunca se enfada durante mucho tiempo, pero sí parecía preocupado...

En el transmutador estaba, efectivamente, el típico contenedor escarlata de comida dareliana. La profesora Berta sería feliz, no iba a tener que comer alimentos irradiados. Marcia y yo cogimos el contenedor y nos lo llevamos para servirlo en bandejas.

En el salón, los padres de Marcia seguían en silencio. En ambos se había acentuado el rostro de preocupación, pero cuando Marcia y yo entramos se levantaron rápidamente y, sonriendo, nos ofrecieron un vaso del líquido ambarino que estaba de moda en toda Celestia.

—Bueno —dijo don Zúsculo—, ya tenemos la comida, nuestros vasos rebosan de néctar... ¡Sólo nos queda esperar a la profesora Berta! Y mientras llega, Leonardo, ven conmigo. Quiero enseñarte algo.

Don Zúsculo se levantó y me hizo seguirle hasta su biblioteca. Se trataba de una habitación amueblada en estilo antiguo, con varios millones de volúmenes archivados en soporte lumínico, y también con varios miles de ejemplares casi arqueológicos, con encuadernación de papel. Algunos de ellos provenían incluso del siglo XX. Nunca antes me habían dejado entrar allí. Yo estaba absolutamente maravillado. ¡Podía tocar libros de hacía más de diez siglos! Muchas de las obras de las que había oído hablar en la escuela estaban realmente allí, no eran ficciones de los libros de texto, existían de verdad. Las primeras ediciones de las *Memorias del iridiado*, o *Un río entre las estrellas*, dos de mis libros favoritos de finales del siglo XX, estaban al alcance de mi mano. El padre de Marcia podía notar mi maravilla, y eso le halagaba.

—Señor, esto es mágico, podría pasarme aquí días enteros sin salir... Aquí se encierra el universo... ¡Y en su casa! —yo apenas podía creer que algo así fuera real.

—Bueno, Leonardo, muchas gracias, me conmueve tu interés, pero no te he traído para que admires mi colección de libros, sino para mostrarte algo, algo que tal vez no signifique nada para ti ahora... Y que ojalá no llegue nunca a significar nada... —añadió en un susurro. El tono de su voz hizo que un escalofrío me subiera por la espalda.

El señor Gavrial subió por una pequeña escalera y sacó un volumen del último de los estantes. De su interior extrajo una lámina, y bajó con ella, sujetándola con gran cuidado.

—Es muy vieja, mucho, y un trato brusco puede hacer que se me desvanezca entre los dedos —me explicó.

Me llevó hasta una mesa de cristal. Encima puso la lámina amarillenta, de bordes irregulares.

—Mira —me dijo.

Yo me acerqué todo lo que pude, pero por más que esforzaba la vista, no podía ver nada especial en aquel papel, sólo unas manchas borrosas que no parecían representar nada concreto.

—No veo nada —exclamé.

Entonces don Zúsculo hizo un gesto, y una brillante luz azul iluminó la mesa de cristal desde abajo, perforando la lámina sin romperla.

—Mira ahora hacia el techo —me dijo.

Y allí, flotando sobre nuestras cabezas, enorme y diminuta a un tiempo, lejana pero tan próxima, violenta y apaciguadora, se podía ver una enigmática figura sin sentido. No puedo describirla, pero si tuviera que dibujarla, sería algo así:

Desde luego, no significaba nada para mí.

—Si lo ves alguna vez, cuéntaselo a la profesora Berta —me dijo.

V

La Dama del Velo color champán

ES BIEN CIERTO QUE Nicholas Cuff nunca había sabido resistirse a la atracción que ejercían sobre él las mujeres hermosas. Las anécdotas sobre su apasionante vida sentimental salpicaban las charlas de muchas de las tabernas de la galaxia. Por eso a nadie le habría extrañado que el detective abandonara tan bruscamente la entrevista con el reportero, sobre todo a la vista de las largas piernas de aquella misteriosa dama que, envuelta por el vuelo de un velo color champán, había aparecido de manera tan inesperada desde el fondo del invernadero.

Sin embargo...

Sin embargo, Cuff no la miraba como miraba a las otras mujeres.

Y Cuff no la miraba como miraba a las otras mujeres porque Cuff la respetaba.

Y el gran *sir* Nicholas Cuff la respetaba porque la conocía.

Y Cuff la conocía porque... Pero ésa sí que es otra historia. Los que no la conocemos, por ahora, somos nosotros. Todo lo que sabemos es que tiene las piernas largas y que un gaseoso velo de color champán envuelve y prolonga sus cabellos. Quizá deberíamos escuchar su conversación...

Sir Nicholas se acercaba a la desconocida (para nosotros, claro) con determinación y reverencia, como si el resto del mundo —que incluía el invernadero, las rosas, algunos aspectos del cielo y al infeliz periodista— hubiera, simplemente, desaparecido. Un brillo de sorpresa y alarma apuntaba en sus ojos oscuros.

—Hacía tanto tiempo... —empezó a decir mientras acercaba sus labios a la mano brillante de la dama.

—Una expresión que ha dejado de tener sentido... Si es que alguna vez lo tuvo entre nosotros, claro... —su voz no era, decididamente, de este universo, y seguramente tampoco de ninguno de los mundos paralelos. En cierto modo, no parecía corresponderse con el cuerpo joven y hermoso del que provenía.

—Tus visitas tienen siempre un propósito —dijo Cuff.

—Nada sucede en el mundo sin un propósito. Lo recuerdas, ¿verdad? —se diría que a aquella dama le gustaban las frases misteriosas y lapidarias.

—Y no sé por qué, pero creo que sospecho cuál es el motivo de tu visita.

—Claro que lo sabes. El mundo va a cambiar. El signo ha aparecido.

Cuff y la dama misteriosa se servían un líquido de color verdoso en unas copas altas. Habían entrado en la casa del detective y estaban sentados en el sofá neumático que *sir* Nicholas compró después de resolver el caso de los siete candelabros de jade. Tenía la costumbre de celebrar la resolución de cada caso difícil comprando un objeto cualquiera, un mueble, una obra artística o una nueva especie de rosa. Por eso su casa parecía un museo.

—Tu casa es muy agradable —dijo la dama.

—Me gusta que lo sea, aunque la verdad es que no paso mucho tiempo en ella —respondió Cuff—. Pero no has venido a hablarme de mi casa. No te veía desde que me ayudaste a capturar a Basileus, cuando pudimos evitar la explosión de la estrella Amarilla. Sólo apareces cuando el peligro es demasiado grande. Nos conocemos desde que empecé a trabajar para los lumínicos..., pero has hablado de un signo, y no sé a qué te refieres.

La dama apartaba cuidadosamente su velo cada vez que bebía un sorbo de su copa. Todos sus movimientos eran musicales, como de ave.

—Sobre el cielo de Áulica, la estrella de la constelación del Príncipe, ha empezado a dibujarse el signo de Feng. En la atmósfera de Euxinos hay unos rayos que no provienen de su sol, y que, a cierta hora del día, tiñen el aire del color del vino de Persia. En la galaxia deshabitada de Wanta Bul todos los cuerpos celestes se han desalineado, trazando algo parecido a un mapa... Algo así... —con un gesto de la mano, aquella dama hizo surgir en el aire una imagen de luz chisporroteante.

Unas esferas de luz empezaron a danzar ante los ojos de Cuff. En pocos segundos sus movimientos habían dibujado un paisaje que recordaba al detective el perfil de algunas montañas que había visto en viejos libros del planeta Tierra.

—No entiendo nada de todo esto, no sé qué es el signo de Feng, ni sé tampoco qué significa este dibujo —por primera vez en mucho tiempo, Cuff parecía desconcertado.

—Sólo son las primeras manifestaciones. Hacía mucho que los lumínicos esperaban algo parecido. Ellos no pueden intervenir, claro. Para eso te contrataron, ya lo sabes.

Sir Nicholas Cuff suspiró. Si su antepasado hubiera vivido en un mundo tan complejo... Pero esos pensamientos no le consolaban. Ya en las holograbaciones que el abuelo de su tatarabuelo había dejado en el archivo de la familia se advertía a toda la descendencia Cuff de que la complejidad del universo sólo podía aumentar, y con ella la responsabilidad de todos sus miembros.

Cuff se volvió a servir una buena cantidad del líquido verdoso. Sabía por experiencia que siempre que aparecía la dama del velo de color champán su vida se complicaba terriblemente.

—No estaría mal que fueras un poco más clara conmigo —dijo *sir* Nicholas.

—Por supuesto. ¿Qué sabes de China?

Alguien que pudiera ver cómo miraba Cuff a la Dama del Velo —vamos a llamarla así a partir de ahora, con mayúsculas, porque no parece que Cuff ni nadie vaya a darle otro nombre— habría pensado que él estaba perdidamente enamorado. Pero, claro, Cuff la miraba así sólo porque sabía que no había nadie mirando. No en vano se trataba del secreto mejor guardado de la galaxia. En realidad, sólo lo conocemos nosotros. Y Cuff y la Dama, desde luego. Sin embargo, no se permitían hablar de ello. Estaban hablando de China.

—Pues no sé demasiado... Algo que he leído en libros

de historia del período anterior a las guerras solares... Sólo recuerdo una muralla y muchos restaurantes —a Cuff siempre le molestaba reconocer su ignorancia.

—Sí, la verdad es que no parece mucho. Aunque es cierto que se perdieron la mayoría de los libros después de la explosión del Sol. ¿Puedes servirme más néctar verde, por favor? Me recuerda el sabor de ciertas frutas de la Tierra —dijo la Dama.

—Lo fabrico yo mismo, con semillas que conseguí en Antigüedades Terrestres —Cuff estaba orgulloso de su habilidad como jardinero y como destilador de licores. Aunque su pasión más verdadera eran las rosas, no por ello despreciaba otras actividades que se relacionaran con el cultivo y con la bebida.

—Pues me temo que vas a tener que estudiar algo de cultura china. Entre otras muchas cosas. Historia del siglo XX, por ejemplo.

Aquello no le gustó nada a *sir* Nicholas. Él odiaba el siglo XX, sobre todo porque decía que en aquella época no había detectives, sino policía. El último gran siglo de la historia de la Tierra había sido el XIX, cuando nacieron los grandes detectives, como su antepasado.

—Todo esto tiene que ver con el Asesino Temporal, ¿verdad? En cierto modo, creo que es una manera de confirmar mi teoría, pero no acabo de comprender la relación que tiene con todo lo que me has dicho —a *sir* Nicholas Cuff empezaba a invadirle la melancolía. Era una sensación que casi siempre tenía antes de comenzar una aventura.

La Dama del Velo dejó su copa, otra vez vacía, sobre la mesa flotante. Extendió el velo color champán hasta cubrir su cabeza y se levantó del sofá neumático. *Sir* Nicholas se levantó con ella.

—Nicholas —dijo la Dama—, debes estudiar chino, y debes conocer a Leonardo.

Y con un gesto de su mano, se desvaneció.

Aunque Cuff estaba más que habituado a las peculiares despedidas de la Dama del Velo, esta vez sintió que no había entendido muy bien por qué había desaparecido tan bruscamente. No es que a él no le gustara el misterio, al revés, era una parte muy importante de su vida. Sin embargo, ahora era diferente, notaba un desasosiego al que no estaba acostumbrado. Apuró su copa de un trago y musitó:

—Aprender chino, conocer a Leonardo...

VI

La profesora Berta

«¡QUÉ EXTRAÑO! PRIMERO se enfada cuando descubre que Leonardo sabe que trabaja de predictor y ahora se lo lleva a su biblioteca, donde nunca deja entrar a nadie. ¡No hay quien entienda a los padres!»

Y eso que el mío no era de los peores, desde luego no como el padre de Leticia, que abandonó a su familia para traficar con líquido de éxtasis en las últimas fronteras, o el de Rafael y Helena, que se pasaba todo el día en los estadios de lucha-láser y no les hacía ni caso.

Mi madre solía estar de acuerdo conmigo, aunque últimamente no estaba muy comunicativa. La verdad, los dos llevaban un tiempo un poco raros, pero yo prefería no pensarlo mucho. No me gusta preocuparme, y menos inútilmente. Entre las obsesiones de Leonardo —que ya habría podido tenerme entre ellas, por cierto— y las de mis padres, no me quedaba mucho tiempo para las mías.

De mis ensoñaciones me sacó el sonido amable del timbre de la puerta. Eran la profesora Berta y un hombre joven —y muy guapo—, que supuse sería su novio.

—¡Hola, Marcia! ¿Qué tal? ¿Y tus padres? —la profesora Berta era hiperactiva, no le habías contestado a una pregunta, cuando ya te estaba bombardeando con las siguientes. Lo mismo que en sus clases. Antes de que le respondiera, ya estaba hablando otra vez:

—Éste es Pablo, mi novio.

Pablo y yo nos besamos en las mejillas y la frente, como era costumbre en Celestia. Era decididamente muy guapo, rubio y con los ojos marrones como la Estrella del Príncipe. Y muy alto.

—¡Hola, Marcia! Berta siempre habla maravillas de ti. Dice que eres una de sus mejores alumnas —Pablo tenía voz de locutor de electrodiario, profunda y decidida.

—¡Hola! —les contesté yo, un tanto avergonzada—. Vamos al salón, mis padres y Leonardo están allí.

—¡Ah!, ¿también está Leonardo? ¿Te acuerdas, Pablo? Te he hablado a veces de él, el chico obsesionado por el siglo XX —dijo la profesora Berta mientras avanzábamos por el corredor.

—Sí, sí, podremos hablar del Barón Rojo, mi héroe —decía Pablo detrás de mí.

En el salón estaban ya mi padre y Leonardo, que habían vuelto de la biblioteca. La cara de mi padre parecía la de siempre, pero en la de Leonardo había un reflejo de sorpresa y de angustia que no me gustó nada. Mi madre había extendido ya todas las bandejas de comida en la mesa flotante para invitados, así es que empezamos a cenar inmediatamente.

—¡Comida dareliana! Mi favorita —exclamó la profesora Berta.

Durante la cena sólo hablamos de la escuela y de nuestros estudios. Lo verdaderamente serio vino después.

La asignatura que nos enseñaba la profesora Berta era sistemas complejos, una de las favoritas de Leonardo. Por eso entre los dos había una relación especial. De vez en cuando la profesora Berta venía a mi casa para intercambiar datos con mi padre, con el que trabajaba en el departamento de predicciones del gobierno. A mí, aquél me parecía un trabajo fascinante, adivinar el futuro, aunque mi padre y la profesora se enfadaban cuando yo utilizaba el verbo «adivinar» para describir su trabajo.

—Predecir, Marcia, no adivinar. Hay una gran diferencia. En nuestro trabajo no interviene el azar —me recalcaban siempre.

Y claro, aquella noche, después de cenar, la conversación acabó derivando hacia el tema de moda en Celestia: el Asesino Temporal. Ya se encargó Leonardo de que no fuera de otro modo.

—¿Habéis oído que Nicholas Cuff opina que el asesino proviene de nuestro propio tiempo? —comentó Leonardo en cuanto tuvo la primera oportunidad.

—Una teoría disparatada, por cierto —le contestó mi padre—. Nadie puede dar saltos temporales tan grandes...

—Pero Cuff dice... —quiso seguir Leonardo.

—Además —prosiguió mi padre—, toda esa historia del Asesino Temporal me parece un invento de los electrodiarios para conseguir más audiencia. No tiene ningún sentido... Cambiar la historia... Un auténtico disparate —concluyó mi padre, muy seguro de sí mismo.

Pero claro, Leonardo no se dio fácilmente por vencido. Si algo es, es cabezota, aunque aún no he decidido si se trata de una virtud o de un espantoso defecto. Por eso insistió:

—Bueno, la teoría de Cuff se basa en la conexión entre

dos hechos: la repentina aparición de asesinatos no registrados antes en los libros ni en la prensa de la época y el robo en unas instalaciones gubernamentales de un prototipo secreto: un módulo de Disolución Cronal que permitiría saltos temporales de más de diez siglos —a Leonardo casi le faltaba el aire después de una parrafada tan larga. Cuando quería resultar convincente hablaba muy deprisa y las palabras se le amontonaban unas encima de otras.

—Pero aún hay muchos puntos oscuros en esa teoría —me atreví a intervenir—. Por ejemplo, el móvil. Todo crimen tiene un motivo. Otro, quién está detrás de una conspiración tan vasta. Parece demasiado para todas las organizaciones criminales conocidas, piratas espaciales, la mafia de traficantes ilegales... Por no mencionar los detalles menores: cómo sabía el ladrón de la existencia de un prototipo tan secreto, cómo pudo robarlo con tanta facilidad... —lo había dicho todo mirando alternativamente a mi padre, a Leonardo y a la profesora Berta.

—Esperad, esperad —dijo ella—. No me parecen tan tontas las teorías de Leonardo. Si lo he entendido bien, para que encajen todas las piezas falta todavía algo... Como dice Marcia, ¿cuál sería el motivo?

—Alterar la historia, claro —dijo Leonardo—. El verdadero problema es cómo pueden saber con tanta exactitud los cambios que provocan a más de diez siglos de distancia... Mi tesis es que las consecuencias que todos conocemos —el planeta Camelia desorbitado, Márgol Sílex, el triunfo de los *Ligures*, y seguramente muchas más de las que no tenemos noticia— eran perfectamente anticipadas por el asesino. Y aquí es donde intervenís vosotros. Yo creo que lo hacen mediante una predicción de caos —Leonardo acabó triunfalmente su discurso, como si hubiera ganado una competición de ingenio.

Se produjo entonces un silencio incómodo. Yo noté que a mi padre no le gustaba nada el rumbo de la conversación, que se estaba poniendo nervioso.

—Aún habría otros detalles, por no profundizar en que una predicción de esa clase es, hoy por hoy, imposible... —mi padre dijo esto mirando significativamente hacia la profesora Berta—. Por ejemplo, ¿cómo sabría el ladrón y asesino manipular una máquina tan compleja como ese supuesto prototipo para viajar en el tiempo?

—Ah, no me parece que resultara tan complicado —Pablo, el novio de la profesora, habló por primera vez desde que terminamos de cenar—. Yo trabajo de piloto en una de las líneas de abastecimiento de los planetas del Círculo Exterior, y para llegar allí empleamos una tecnología similar a la del prototipo... Las distancias son tan grandes que sin un mecanismo de disolución cronal tardaríamos muchos años en realizar esos viajes. En realidad —prosiguió Pablo—, resultan bastante sencillos... Por lo que hemos oído en los hangares acerca del nuevo modelo, el funcionamiento sería muy similar a los que se conocen en la actualidad, salvo por el hecho de que incorpora un sencillo módulo de predicción... ¿Verdad, Berta?

—Sí —confirmó la profesora—, para evitar aparecer en mitad de un campo de asteroides o chocar con otras naves...

—¡Qué gracioso, una forma de predecir el pasado! —Leonardo siempre encuentra una manera de demostrar su ingenio—. ¿Veis? —siguió—. No es imposible que yo tenga razón...

—Salvo por la insignificante circunstancia de que tales

predicciones de caos no pueden realizarse, Leonardo —volvió a contestarle mi padre—. No es lo mismo calcular si habrá o no un obstáculo para una materialización que predecir exactamente todas las consecuencias que una acción en el pasado causará en el presente. Sería muy peligroso... Por ejemplo, podría ser que provocara, y esto es una especulación, la desaparición en el futuro del propio viajero temporal, con lo que se produciría un bucle en el tiempo que destruiría el universo... Nadie se atrevería a cargar con esa responsabilidad... El grado de exactitud de la predicción tiene que ser tan enorme... Sólo un genio absoluto, con medios que no conocemos, podría manipular así la fuerza del tiempo...

Después de la intervención de mi padre, todos nos quedamos pensativos: había dibujado en nuestra imaginación un cataclismo tan desolador que una nube de tristeza empezaba a envolvernos.

—Se hace un poco tarde, ¿no? —dijo mi madre—. Marcia, mañana tienes escuela, y supongo que Leonardo también...

—Sí, es verdad, mamá.

—Nosotros también nos vamos —dijo la profesora Berta—. ¿Vienes con nosotros, Leonardo?

—Sí, mis padres van a llamar, y si no estoy en casa se preocuparán. Nos vemos mañana, Marcia. Adiós, señor Gavrial, buenas noches, señora Gavrial...

Me levanté para acompañar a la puerta a nuestros visitantes. La mirada de la profesora Berta indicaba que quería decirnos algo, y aprovechó el momento de la despedida para hacerlo:

—Mañana, en la excursión a Zoocosmos, buscadme a la hora de la comida, quiero contaros algo... —nos dijo a Leonardo y a mí.

Yo había olvidado que al día siguiente teníamos una visita al planeta de los animales con el profesor de Biología Superior de los Seres de Carbono. Tanto misterio no iba a dejarme dormir. Pensaría en la imagen de Leonardo alejándose con su bicicleta en medio de la noche verdosa de Celestia...

VII

«NEW YORK, NEW YORK»

DESDE LA VENTANA DEL HOTEL se veían hileras de luces rojas y amarillas, como un río con dos corrientes de diferente color. De vez en cuando podían oírse sirenas, bocinazos, gritos diversos, una extraña conjunción de ruidos que formaban la música del siglo XX.

—Ah, Nueva York, Nueva York, ¿por qué pareces tan antigua?

El capitán Heriberto Heliogábalus Dolor había abierto la ventana de su habitación para poder respirar aquel aire tan lleno de olores, tan denso de humo y sustancias perdidas en la memoria del tiempo. Había tenido que inyectarse directamente en sus pulmones una solución sintética de cronoatmosferina, pues de otro modo su organismo no hubiera resistido el choque brutal del aire del siglo XX. Era lo que más le molestaba de los *saltos*, como él los llamaba, así es que se consolaba buscando placeres alternativos que le recompensaran.

Mientras se servía un vaso de *Jack Daniels,* encendió un micrograbador y empezó a hablar:

«Misión 374, nombre clave *Blake*, Nueva York, 27 de abril de 1967. Informe: módulo de Disolución Cronal camuflado bajo un monumento dedicado a un tal Lewis Carroll, en Central Park. El viaje temporal se ha efectuado sin ningún contratiempo importante —salvo un joven que corría por el parque en el momento preciso de la inserción, que ha resultado desmembrado a lo largo de la secuencia temporal—. Una lástima; ahora su hígado flota en algún lugar en el siglo XXVII, mientras sus piernas corren disparadas hacia el siglo XV y su cabeza se pregunta qué demonios ha pasado mientras orbita el planeta Cur en el 4556. ¡Nadie conoce su destino!».

El capitán Dolor, Heriberto Heliogábalus, HHD para sus aliados, el rostro de la muerte para sus perseguidos, era un sentimental. Lo que más le gustaba de escribir informes, en realidad lo único por lo que soportaba hacerlos, era esta vena lírico-filosófica con la que los adornaba. Había detenido por un momento la grabación para disfrutar de su última frase. Le parecía más profunda que el espacio interestelar. Satisfecho de sí mismo, dio un largo trago a su *Jack Daniels.* «Los antiguos también sabían vivir», pensó mientras se disponía a seguir con su rutina:

«El objetivo es el doctor Donald Blake, médico cirujano en el St. Vincent Hospital de Nueva York. La misión es sencilla —y agradable, por qué no decirlo—: su exterminación definitiva. Será realizada esta noche. El informe se completará mañana».

El capitán Heriberto desconectó el micrograbador. «Aún tengo tiempo de ir al cine», pensó. En sus cada vez más frecuentes viajes al siglo XX había descubierto aquella moda tan característica de esa época, y que tanto le había hecho reír en sus días de escuela, cuando el profesor de Historia les intentaba explicar de qué se trataba ese fenómeno peculiar que consistía en proyectar imágenes en movimiento sobre una sábana blanca. Según los eruditos de su mundo, era, sin ninguna duda, un fenómeno religioso: los fieles acudían a templos especiales donde se sumergían en unas tinieblas en las que, súbitamente, aparecía un brillante rayo de luz que iluminaba un mundo. La lucha del Bien (la luz) contra el Mal (la tiniebla) era evidente. Además, era una metáfora del conocimiento: el mundo alumbrado sobre la pantalla era el descubrimiento que se realiza una vez atravesado el túnel de la ignorancia (otra vez la tiniebla). Por si todo esto fuera poco, los fieles cumplían un ritual del que se conocen paralelos en muchos de los planetas de los Religiosos: había que realizar una especie de formación en línea para poder acceder a los templos, había que consumir una especie de comidas y bebidas sacrificiales (*pop corn and coke*, según una misteriosa inscripción antigua) y, por último, muchos de sus profetas se convertían en figuras de gran poder público. Sólo se conservan algunos nombres de estas figuras —Marilyn Moscovita, Eva Gardner, más conocida como *La Jardinera*, Catalina H.—, sin duda convertidas en diosas por la fe popular.

Cada vez que el capitán Heliogábalus recordaba estas teorías, estallaba en profundas carcajadas y espasmos que sólo calmaba encendiendo unos objetos blancos ardientes y alargados que todo el mundo consumía en aquella época. Le ayudaban también a respirar su aire.

—Un fenómeno religioso... —se regocijaba Dolor, y sentía lástima de la ignorancia de sus profesores, aunque comprendía que ellos no habían tenido la oportunidad de viajar en el tiempo como él. «Viajando se aprende, muchacho», le decía siempre su padre, y como aquella frase se la había dicho justo en el momento en el que el joven Heriberto Heliogábalus le iba a disolver con su emisor de partículas —consecuencia de una discusión menor—, el futuro capitán Dolor entendió que su padre se refería al viaje hacia lo desconocido que estaba a punto de emprender. Sólo cuando pudo viajar de verdad comprendió la sabiduría que encerraba el último pensamiento conocido de su progenitor.

«¡Nadie conoce su destino!», se repitió el capitán Dolor, aunque el suyo inmediato le resultaba bastante agradable: invitaría a Rita al cine, y después la llevaría a comer *hamburguesas*, una delicia que descubrió después de su primera misión en la Tierra, una rutinaria eliminación de objetivos que tuvo que realizar en un local de avituallamiento que *llamaban* McDonald's, nombre que a él le recordaba a un animalito que había visto una vez en Zoocosmos, y que los expertos llamaban «pato». El caso es que después de la eliminación se le despertó el apetito, y allí, entre los cadáveres, había un montón de bocadillos envueltos en un brillante papel azul (él pensó en el cielo de Antoyl, su planeta natal). Resultó que eran hamburguesas.

En cuanto a Rita, la historia había sido diferente. A ella la conoció en su última misión en Nueva York. Tenía que trasvasar al más allá a un tal JFK, una misión importante, le dijeron, pero que sería en un pequeño pueblo llamado Dallas. A él, sin embargo, le gustaba especialmente la Gran Manzana —nunca entendió este ridículo nombre—, y siempre empezaba sus trabajos en la Tierra por una visita a esta ciudad. Rita trabajaba como azafata en uno de los establecimientos donde se consumían hamburguesas —docenas y docenas cada vez—. A Rita le atrajo irresistiblemente aquella voracidad, como si fuera la muestra de un poder desconocido. Por desgracia, aquella vez

Heriberto Heliogábalus no tuvo tiempo de conocerla mejor, pero antes de desaparecer le dijo con una voz que a Rita le pareció de otro planeta:

—Volveremos a vernos, siempre.

Y Rita se quedó temblando, con su cofia de color naranja suavemente ladeada hacia la derecha.

Rita vivía en un pequeño apartamento de la calle 28 con la Tercera, justo enfrente de un descomunal edificio de ladrillo ensuciado por el tiempo y la contaminación que a la muy particular memoria evocativa de la joven le recordaba inevitablemente el color cobrizo del cabello de su madre, que brillaba de un modo muy extraño cuando la luz del fogón en el que cocinaba la sopa para la cena le arrancaba tímidos destellos similares a la luz violeta de los atardeceres, allá en la granja en la que transcurrió, casi inmóvil, su niñez. Desde su alta ventana podía ver, cada noche, cuando regresaba de su trabajo en la hamburguesería, las luces inquietas de los automóviles, el vuelo de los helicópteros y las vidas ajenas en las innumerables ventanas que, como pequeñas televisiones, arañaban la fachada del edificio que se levantaba frente al de ella.

Pero aquélla era una noche diferente. Rita estaba muy nerviosa. Había ido a la peluquería, donde le habían esculpido con laca el cabello, logrando que su pelo se abriera en los lados como dos surtidores de pizarra, realzando, según la chica que la había atendido, su mirada y también la forma oval de su rostro. La habían maquillado, hecho la manicura, limpiado la cara... Y todo porque tenía una cita...

«No creo que muchas chicas tengan una relación tan extraña como la mía. Heriberto es tan... diferente...», pensaba Rita mientras esperaba que el timbrazo del portero automático anunciara que HHD había llegado. «Querrá ir a comer hamburguesas después del cine... ¡Le gustan tanto! Pero hoy no. Voy a pedirle que me lleve a otro sitio. ¡Tendrá que entender que yo odio las hamburguesas! ¡Y le veo tan poco!»

El zumbido exgerado del portero automático arrancó a Rita del mundo de sus pensamientos. «Ya bajo», gritó por el interfono, y en pocos minutos marchaba agarrada del brazo enorme y fortísimo del orgulloso Heriberto Heliogábalus por las calles bulliciosas de la noche de Nueva York.

—¿Qué película vamos a ver, hermosísima Rita? —preguntó Dolor.

—Un estreno, te gustará, ya lo verás... —a Rita le encantaba hacerse la misteriosa, especialmente con Heriberto. ¡Era tan poco lo que sabía de él!

Pronto llegaron al cine. Una hilera de personas, pegada a lo largo de una pared, aguardaba a que abrieran las puertas de la sala.

—¡Adoro el cine! —exclamó Heriberto Heliogábalus—. Voy a comprar eso... ¿Cómo lo llamas? Esos pequeños asteroides blancos que dejan un rastro salado en la lengua...

—Palomitas, Heriberto, palomitas... ¿Cómo puedes ser tan travieso? ¡Como si no lo supieras! A veces no pareces de este mundo —pero a Rita le encantaba así, tan fingidamente ingenuo.

HHD había comprado dos gigantescos bidones de palomitas, y unos vasos de *coca-cola* casi igual de grandes. Rita protestó un poco («¡Luego no voy a cenar!»), pero Heriberto Heliogábalus ignoró sus comentarios, porque había aprendido que a las mujeres les gusta hacerse las delicadas.

Entonces se apagaron las luces y se iluminó la pantalla blanca de tela que presidía la sala como un símbolo de lo imposible, y también de los otros mundos. Comenzaba otro viaje a lo desconocido. El capitán Dolor pensaba siempre que ese momento sólo podía compararse con las sensaciones vertiginosas de los viajeros del tiempo.

Un caballero con aire de autosuficiencia retoza en la cama con una señorita de aspecto oriental. La muchacha se levanta, oprime un botón oculto, y la cama se transforma en un armario que atrapa al hombre en su interior. Entonces unos individuos armados disparan contra el armario, matando —aparentemente— a su desdichado ocupante.

—Empieza bien... —musitó Dolor al oído de Rita—. Mucho mejor que esa ridícula escena espacial de antes...

—Estaba muy bien hecha —argumentó Rita, poco convencida.

Rita sabía que ir al cine con Heriberto exigía que su atención se repartiera entre lo que sucedía en la pantalla y los comentarios inacabables y continuos del capitán. Ya se había acostumbrado.

El asesinato era, por supuesto, fingido («claro, no iba a morir tan pronto el protagonista»), un truco para despistar a los enemigos («un poco burdo, ¿no, cariño?»).

«Los cadáveres no tenemos sentido del tiempo», dijo aquel detective autosuficiente desde la pantalla, y el capitán Dolor no pudo evitar una sonrisa ante tan tremenda ingenuidad («no sabe lo inmensamente equivocado que está; ya me gustaría demostrárselo, ya», y Rita a veces no entendía en absoluto a Heriberto, aunque eso hacía ya tiempo que había dejado de importarle).

La película avanzaba entre tenues escenas de acción, aún más tenues escenas de cama y patéticas maquinaciones de los malvados, que, en opinión de Dolor, eran menos peligrosos que un grupo de infantes de guardería de Antoyl. Pero, aun así, el capitán disfrutaba de aquel placer arqueológico, que tenía todo el encanto de lo desaparecido.

Cuando salieron del cine, Rita cogió a Heriberto dulcemente por el cuello, le miró con ternura a los ojos, y le dijo:

—¿Has visto a todos esos personajes japoneses, y Tokio, y las paredes de papel de sus casas...?

—Sí... —dijo Dolor mientras se preguntaba qué querría decir la palabra «japoneses».

—¿Y no preferirías hoy cenar en un restaurante japonés, en vez de comer siempre hamburguesas? Tiene cosas deliciosas: *shusi, shasimi*, pollo *teriyaki*...

—Un momento, un momento... ¿Quieres decir que no cenaremos hamburguesas?

—Por favor, Heriberto, hoy no... —suplicó Rita.

El capitán Dolor miró a la muchacha, pensó que su peinado parecía un casco de obrero del planeta Mineral, y decidió que qué demonios, tenía todo el tiempo del mundo para comer hamburguesas cuando lo deseara... Y Rita no tenía ese tiempo.

—¿Tendrán esa bebida de la película, la que hay que beber a 39 grados y medio exactamente?

—¿Sake? Pues claro, querido —sonrió irreprimiblemente Rita la Deslumbrante.

Y así, el capitán Dolor experimentó por vez primera el placer de contener el deseo.

Aquélla era la noche de guardia del doctor Donald Blake. Por lo general, odiaba esas noches largas y tensas, en las que las urgencias eran, casi siempre, heridos de bala o de arma blanca, o accidentados en los choques de coches que se producían cada madrugada. Sólo le consolaba una cosa: con él le había tocado hacer la guardia a la señorita Jane Foster, una enfermera a la que había conocido en el hospital.

—Parece que vamos a pasar la noche juntos, Jane —le dijo el doctor Blake a la enfermera.

—¡Oh, doctor Blake, qué cosas tiene! —la señorita Foster se había ruborizado muy ligeramente.

—¡Oh, vamos, Jane! Llámame Donald, aquí nadie puede oírnos.

La verdad era que, fuera del trabajo, el doctor y su enfermera se veían frecuentemente. De hecho, estaban planeando pasar juntos el verano: un maravilloso viaje por Noruega, ya que al doctor Blake le atraía irremisiblemente todo lo que tuviera que ver con temas vikingos.

—¿Cómo se presentará la noche, Donald? —la señorita Foster había pronunciado su nombre más despacio que el resto de las palabras, disfrutando de este momento de intimidad con el doctor.

—Tengo el presentimiento de que será muy tranquila. Nunca sucede nada en Nueva York en las noches de abril... Otra cosa es durante el verano, ya sabes...

El doctor Blake y la enfermera Foster tomaban café en

una de las salas de descanso para el personal sanitario. A través de las ventanas se veían las interminables riadas de luz de las grandes avenidas, pero el doble cristal impedía que se oyera ningún ruido del exterior, lo que daba a las calles el aspecto de una procesión de luciérnagas fantasmales.

La mención al verano había animado a Jane. Se imaginaba su viaje con el doctor por tierras escandinavas y, quién sabe, quizá a la vuelta estuvieran ya comprometidos. Tan absorta estaba, arrastrada por la bruma de sus deseos, que tardó casi un segundo en reaccionar al espantoso clamor de los cristales de la ventana estallando de forma explosiva.

—¡Qué demonios....! —exclamó el doctor Blake, sobresaltado.

El cuerpo de un hombre había atravesado el doble cristal de la ventana, y ahora les sonreía en medio de la habitación, mientras se sacudía meticulosamente todos los pequeños trozos de vidrio que se le habían quedado adheridos a la ropa.

—¿Está usted bien? —fue lo único que se le ocurrió preguntar al doctor, que era un decididamente impecable profesional.

El capitán Heriberto Heliogábalus Dolor, sin dejar de sonreír, dijo:

—¿El doctor Donald Blake? No querría equivocarme...

—Sí, soy yo, ¿qué desea? —contestó, con un temblor, el médico.

—Bueno, en otras circunstancias me gustaría explicarle mejor que se trata de un asunto estrictamente profesional, pero es que tengo un poco de prisa, he dejado a Rita esperándome en un McPato, usted comprenderá... Ah, sí, lo que no se me puede olvidar es la frase... —la voz de Dolor se volvió de pronto más gutural, como si las entrañas del mundo gimieran por su boca—: Contempla el rostro del Destino, eres llevado por el capitán Dolor...

Heriberto Heliogábalus rodeó con su mano enorme la garganta frágil de Blake y apretó ligeramente, hasta que sonó un chasquido y la cabeza del doctor se separó del cuerpo. Tanto uno como la otra cayeron al suelo como objetos muertos y delicados.

El capitán sacó un pequeño instrumento metálico alargado, que tenía una figura en el extremo opuesto al mango. La extraña figura se había puesto incandescente con un mero pensamiento de HHD. Heriberto Heliogábalus la aplicó sobre la frente del desdichado doctor, dejándole impreso aquel peculiar dibujo. Después repitió la operación sobre el pecho...

—Como se han separado las dos partes... —explicó a modo de excusa.

Así terminaba su trabajo.

—Adiós, señorita, que tenga usted un buen día...

El capitán Dolor desapareció con un fogonazo de luz azul.

LAS VOCES OSCURAS
(INTERLUDIO)

Como ya las conocemos, mejor las dejamos hablar a ellas. Escuchad:

UNA VOZ: ¿Habéis comunicado con nuestra sonda espía en Utra?

OTRA VOZ: La comunicación es imposible. Utra ha desaparecido, igual que todo lo que se encontraba cerca...

UNA VOZ: ¡Pobre Syx! Con la ilusión que le hacía pilotar las nuevas sondas...

UNA TERCERA VOZ: Ahora, Él estará contento... La desaparición significa que HHD ha cumplido bien su trabajo.

UNA VOZ: Tal vez nos recompense con un viaje de holoquinesis...

Esa idea parece excitar a las Sombras, porque el aire empieza a temblar como si pudiera haber un monzón de luz, o una cascada de densidad alterada, pues tales son las risas que tienen aquellas Sombras invisibles.

UNA CUARTA VOZ *(¿o era una de las anteriores? Son difíciles de distinguir)*: No os hagáis ilusiones. He recibido por onda mental el mensaje de que las cosas no marchan muy bien en Wonn Xin... Parece ser que Él se dirige otra vez hacia aquí de no muy buen humor.

El temblor que se aprecia ahora en el aire oscuro no es de regocijo, precisamente... Más bien suena como el graznido histérico de una bandada de golondrinas antes de una tormenta. Pero pronto se ve interrumpido por un intenso fogonazo de luz azul. Ha aparecido, si el empleo de este verbo es adecuado en este caso, Él.

ÉL: ¡Néctar!

Pues la sed de Él es proverbial e inextinguible. Todo un sistema de planetas se dedica en exclusiva a la producción de las plantas de donde se extrae el néctar. Una vez provisto con su bebida favorita, Él ordena:

ÉL: Dadme noticias de Utra.

UNA DE LAS VOCES: Utra ya no existe, Su Inmensidad...

ÉL: Magnífico. Bien por Dolor... Su eficacia resulta admirable, sin duda...

OTRA DE LAS VOCES: En cuanto a Wonn Xin...

ÉL: ¡¡Wonn Xin!! ¡Malditos sean los huesos de los lumínicos! ¿Por qué me lo has recordado, Sombra de Sombra de nada? Nunca puedo disfrutar de un buen néctar y una buena noticia sin que venga alguien a fastidiarme. ¡Eliminado!

Una onda de luz carmesí surge de la ¿cabeza? de Él, ahuecando algo en las Sombras. Allí el espesor del aire se hace más ligero (para un observador capaz de apreciarlo, claro). Las otras Sombras tiemblan.

Wonn Xin es el planeta amarillo, un lugar ciertamente lejano en el que se ha refugiado una milenaria civilización terrestre de gentes de ojos rasgados y piel ambarina que han llevado con ellos registros de todas sus tradiciones... Su principal medio de subsistencia es un servicio de alimentación rápida intergalaxias que ha tenido mucho éxito entre los sistemas confederados... No parece un planeta que pueda preocupar a las Sombras... Tendremos que escuchar más:

UNA VOZ: Verá, Su Allendidad, uno de nuestros espías de ondas mentales ha captado actividad lumínica en relación con Wonn Xin... Parece que la Dama ha intervenido.

ÉL: ¡Maldita sea la separación de sexos! ¡Maldita sea la existencia de sexo! ¡¡Néctar!!

Los accesos de furia de Él son siempre desproporcionados y tempestuosos y sólo se calman con la gran manguera: un aparato capaz de inundar su garganta con litros y litros de néctar. Mientras Él acaba con uno de los depósitos principales de la bebida, las Sombras se afanan en preparar la información para Él.

OTRA VOZ: Su Inconmensurabilidad, parece ser que los lumínicos han descubierto la pista china.

UNA VOZ: ¡Y cómo no la van a descubrir si HHD va dejando su huella sobre todos los cuerpos que disuelve!

UNA TERCERA VOZ: Es su marca artística...

ÉL: ¡¡¡Eliminados!!!

Ondas danzantes de luz carmesí ahuecan de nuevo el aire.

ÉL: Sabed todos que HHD deja esas marcas por orden expresa mía... Todo tiene un propósito. Y no quiero que nadie vuelva a opinar en mi presencia. En cualquier caso, si los lumínicos conocen la pista china, pretenderán hacer algo... Pero ellos no pueden intervenir directamente... Averiguad de inmediato con quién pueden contactar para hacerles el trabajo sucio... Usad a todos los espías, enviad todas las sondas... Quiero la información en menos de diez saltos de fotón.

Él desaparece con un fogonazo de luz azul.

Las Sombras reanudan su frenética actividad.

Apenas diez saltos de fotón después...

ÉL: ¡Néctar...! ¡Información...! ¡Por ese orden!

UNA VOZ: Señor, una de las sondas ha detectado un rastro de la Dama dentro del espectro de luz de Celestia...

ÉL: Conque Celestia, la capital nada menos... ¿Y quién puede estar allí que resulte de utilidad para los lumínicos?

OTRA VOZ: Sólo dos personas, Su Sublimidad: Frank Black y Nicholas Cuff.

ÉL: ¿Frank Black? ¿El mismo del caso de la alineación planetaria?

UNA VOZ: Sí, pero nuestros informes dicen que Black desapareció el año de la Gran Fiebre, con lo que sólo nos queda Cuff.

ÉL: ¡Perfecto! Así es que la Dama ha visitado a Cuff... Bien, tenemos algunas deudas pendientes con ese bastardo... ¿Podemos saber de qué han hablado?

UNA VOZ: Resultará muy difícil, Su Totalidad... Necesitaríamos un lector de cerebros, y usted hizo desaparecer al último que nos quedaba...

ÉL: ¡Elimin...!

Pero, inexplicablemente, Él no termina la fatídica frase, cuando apenas los primeros brillos de luz carmesí empiezan a asomar por la parte superior de su, de su... ¿cuerpo?

ÉL: ¡Un momento! No nos hace falta saberlo... Enviad al Cazador a seguir a Cuff. Quiero informes detallados de todo lo que hace. Y preparad al menos cinco predicciones de caos... Quiero acelerar los cambios... El tiempo se agota. Presionad el Conducto de Predicciones. Necesito que estén listas para dentro de cien saltos de fotón.

UNA VOZ: ¡Pero eso es imp...!

Por suerte para ella, la Sombra se calla a tiempo.

Apenas cien saltos de fotón después...

UNA VOZ: ¡Llegan los traductores, llegan los traductores! ¡Menos mal! Su Infinitud estará satisfecho...

OTRA VOZ: Sí, hoy no parecía muy contento... Cada vez que veo ese resplandor carmesí chisporroteando en sus emisores tiemblo como una llama.

Súbitamente, un intenso fogonazo de luz azul inunda la sala.

ÉL: ¡Néctar!

Y apenas un instante después:

ÉL: ¿Y bien? ¿Dónde están las predicciones?

UNA VOZ: Al instante, Su Unicidad. Que se adelante el grupo de Xéntrix.

Una tropa más numerosa que otras veces de minúsculos insectoides aparece de entre la nada, torpemente avanzando con frenéticos movimientos de sus antenas.

ÉL: ¡¡La predicción, rápido!! Resulta que no tenemos toda la revolución del astro...

Una pantalla de luz oscura se abre en el aire y los insectoides empiezan a traducir el mensaje que allí aparece:

«Predicción definitiva, predicción definitiva, predicción definitiva... Si traspasar siguientes personas, si asesinar, si nulificar... predicción definitiva, predicción definitiva, predicción definitiva... repito, bloque cuatro asesinatos, entonces, pero sólo si entonces todos, cuatro asesinatos, orden riguroso, no alterable, predicción definitiva, predicción definitiva... primero, niño austriaco, diez años, Adolfito, 1901; segundo, Dick *the Prick*, Chicago, 14 de febrero, 1929, gánster de poca montera; más después, en 1971 Dimitrievna

Klosenskaia, danzante cabaret Moscú, 1971; último, John Lennon, el 8 de diciembre de 1980, Nuova Llorrcc... Esencial orden... Consecuencias: nunca ocurrir guerras solares, descomposición atmósfera Terra, desastre ecológico siglo XXIII, destrucción, luego nunca formarse Confederación, nunca Gran Migración, nunca Celestia... advertencia, advertencia, advertencia... cuidado con León, cuidado con León, cuidado con León...».

ÉL: ¿León? ¿Quién es León?

UNA VOZ: Una vez me hablaron de un ser de carbono que se llamaba así... Pero se extinguieron hace años... Creo que sólo quedaba un ejemplar en Zoocosmos...

ÉL: ¿Un animal? ¿Y por qué íbamos a temer a un animal?

OTRA VOZ: La traducción no es muy buena...

ÉL: Mandad otro espía a Zoocosmos, que averigüe quién o qué es León... Y llamad a Heriberto Heliogábalus Dolor, tiene mucho trabajo por hacer... Ah, ya no necesitaremos el Conducto de Predicciones... Ya sabéis lo que quiero decir... Que se encargue también el Cazador, ya que tiene que ir a Celestia... Volveré cuando venga Dolor.

Él desaparece con un chasquido, dejando tras de sí un pálido matiz azul de Sombra.

VIII

ZOOCOSMOS (I)

LA PROFESORA DE GEOGRAFÍA Estelar y el profesor de Biología Superior de los Seres de Carbono habían organizado para aquel día una visita al planeta Zoocosmos. Como nos había dicho la noche anterior en casa de Marcia, la profesora Berta se había apuntado también a la excursión. A mí, en otras circunstancias, ir a Zoocosmos me habría resultado tremendamente excitante. Allí vivían todas las formas conocidas de vida animal, en una perfecta imitación de sus hábitats naturales: langures de siete colmillos; enormes zardias, capaces de devorar manadas enteras de elefantes; incluso los diminutos pero letales zorcastos, encontrados durante el famoso viaje de exploración que el héroe nacional Marcos Zoltis realizó durante el siglo XXIX y que le costó la vida a más de la mitad de su tripulación. Pero todo esto palidecía ante la posibilidad de admirar la última gran conquista de los viajes de exploración, y que era el verdadero motivo de la excursión a Zoocosmos: el descubrimiento de una nueva criatura, tan fascinante y misteriosa que traía de cabeza, sumergidos en infinitas discusiones, a la mayoría de los científicos de la Confederación: el enigmático palisandro. Poner a un animal el nombre de un árbol no es algo que resulte muy normal, ni siquiera para los excéntricos círculos académicos del Instituto de Ciencias de Celestia, pero así lo quiso su descubridor, el zoólogo cósmico profesor Heinrich Richards, quien lo bautizó de ese modo porque, según él, su color le recordaba al de esos árboles, cuando el sol del crepúsculo tropical parece convertirlos en fantasmas congelados junto a los caminos que bordean las junglas. Ésa fue, al menos, la explicación que nos dio nuestro maestro.

Aunque todos nos preguntábamos cómo era —el profesor de Biología se había cuidado mucho de darnos ninguna pista—, y nos moríamos de curiosidad, a mí en ese momento me intrigaba bastante más la misteriosa presencia de la profesora Berta. Nos miraba a Marcia y a mí con cierta inquietud. Su presencia en el viaje no era normal en absoluto, pues su asignatura no tenía nada que ver con los estudios naturales.

Estábamos a punto de despegar. Los silenciosos motores de helio concentrado del transbordador Delta V comenzaban a soltar vapor. Apreté la mano de Marcia, que se había sentado a mi lado.

—Ya nos vamos... ¿Qué crees que querrá la profesora Berta? —dije.

—No lo sé, pero a mí esto no me gusta nada... Me da un poco de miedo —me respondió.

Marcia estaba más nerviosa de lo normal. Era cierto que los vuelos transónicos podían alterar el funcionamiento neuronal, pero Marcia estaba más que acostumbrada a la presión en las sienes y a la aceleración de la circulación de la sangre. Había viajado mucho por toda la Confederación. Tan nerviosa la veía que no me atrevía a contarle la conversación que mantuvimos su padre y yo en la biblioteca, ni a comentarle su advertencia acerca del extraño dibujo que me había mostrado, aunque sabía que ella estaba deseando preguntarme. ¿Tendría todo esto algo que ver con lo que nos iba a decir la profesora?

—¿Qué te pareció la cena de ayer en tu casa? Fue un poco rara, ¿verdad? —pregunté.

Marcia me miró con sus ojos entre verdes y marrones, tan pardos como las hojas caídas del parque, del color del tiempo, del color del mundo antes de que fuera contemplado... Yo no había soltado aún su mano, y el ligero temblor que notaba en ella hizo que me sintiera indestructible.

—¿Qué es lo que te preocupa tanto? —dije.

—Tengo un presentimiento tan oscuro, Leonardo... La cena de ayer, lo raro que estaba mi padre... Y luego la profesora Berta, tan misteriosa... No se va de mi cabeza que lo que va a decirnos no me va a gustar nada... No sé por qué, pero tengo un poco de miedo... —Marcia, tan vulnerable, te habría abrazado y besado hasta dormirme allí mismo, pero me contentaba con apretar un poco más fuerte tu mano...

El transbordador, mientras, proseguía su vuelo entre las estrellas. A la velocidad a la que viajábamos, se habían convertido todas en líneas infinitas de luz delgada, como si circuláramos por un túnel de alambres luminosos que nos señalaran el camino. Debíamos de estar a punto de llegar, porque esas líneas empezaban a resultar más gruesas, lo que indicaba que estábamos reduciendo la velocidad.

—Bueno, Marcia, no creo que te debas adelantar a los acontecimientos... Disfruta de la excursión, la profesora Berta no nos hablará hasta la hora de comer... Piensa en el palisandro... Resulta increíble, ¿no? Un animal nuevo, que nunca ha visto nadie... Y no han querido enseñarnos ni una fotografía, ni un dibujo... El profesor ni siquiera ha querido describirlo... Si los misterios siguen amontonándose así en mi vida, creo que no voy a poder resistirlo... —yo trataba de animar a Marcia hablando mucho, aunque supongo que soy bastante torpe; mi trato con chicas no ha sido nunca muy continuado e intenso, precisamente. Más bien me han producido siempre algo de resquemor, como si pudieran herirme... Pensamientos idiotas. A los otros chicos no parece que les pase nada similar. Pero con Marcia es diferente, como si vibráramos de la misma manera.

—Sí, tienes razón, es sólo que estoy nerviosa... Siento como si la vida se hubiera acelerado de repente dejándome a mí detrás —dijo Marcia.

En ese mismo momento empezábamos a aterrizar. El profesor de Biología nos estaba repartiendo unos planos del Zoo.

—Recordad que no debéis, en ningún caso, traspasar las líneas rojas. A partir de ahí están las zonas salvajes. Son peligrosas, y además podríais interferir en algún experimento... En estas hojas tenéis también el recorrido que vamos a hacer. Seguiremos un criterio cronológico, desde el cretácico hasta el cuaternario, hasta las nuevas criaturas estelares... Por supuesto, dejaremos para el final la visita al palisandro... —el profesor disfrutaba de las pausas dramáticas que hacía. Notaba nuestra emoción, nuestra fantasía disparada por palabras como zonas salvajes, cretácico o palisandro...

En el puerto espacial nos esperaba una cinta de transporte que nos conduciría hasta la entrada a la zona cretácica. Allí vivían toda clase de animales antiguos, mucho más antiguos que el hombre: dinosaurios, felinos prehistóricos, gigantescos reptiles que habían podido recuperarse gracias a la ingeniería genética. Pero Marcia y yo apenas atendíamos a las explicaciones del profesor sobre la formación de los continentes y las condiciones de vida de aquellos animales.

—¿Sabes, Marcia? Creo que la profesora Berta quiere hablarnos sobre las predicciones de caos... Parecía más interesada que tu padre sobre mis teorías —dije.

—¿Es que nunca vas a dejar de hablar de tus teorías? Nunca te preocupas de nada que no seas tú, ¿verdad? —Marcia estaba muy irritable, pero esta vez tenía algo de razón. Yo no estaba siendo muy delicado. También yo presentía algo.

No volvimos a hablar hasta que llegamos a la zona de animales del cuaternario. Marcia había estado tomando apuntes afanosamente, como si quisiera mantener su cabeza ocupada en algo que le impidiera pensar. Iríamos a ver a los animales del continente de la Tierra llamado África, y después descansaríamos para comer.

Para visitar esta zona del Zoo se utilizaba un vehículo de transporte que era el habitual en el siglo XX: un *todoterreno*. Viajar en ellos era casi como acudir a uno de los parques de atracciones virtuales de Celestia. Hasta podías sentir los baches del camino. Tardabas un rato en acostumbrarte al movimiento continuo, pero luego resultaba incluso divertido.

Desde la ventanilla se veía una extensión enorme de hierbas, salpicada por pequeños islotes de piedras grises y, de vez en cuando, por gigantescos árboles bajo los que descansaban algunos elefantes. En la pradera pastaban manadas de cebras y ñúes, y vimos a unos guepardos tratando de cazar infructuosamente a un puñado de elegantes gacelas.

—Atención, muchachos —era la voz del profesor de Biología—. Allí, oculto detrás de la hierba, podéis ver el único ejemplar de león que queda en Zoocosmos...

Apenas nuestro profesor había dicho aquello, cuando un señor con un extraño sombrero con forma de hongo y expresión bobalicona que se había colado en nuestro *todoterreno* («viajo solo, no les molestaré nada») y que estaba sentado junto a mí, dio un bote en su asiento y giró bruscamente su cabeza, tratando de escrutar el punto que señalaba el profesor.

—Ya sé que os sorprenderá pensar que es el último de su especie... —continuaba el profesor—. Puedo informaros de que hay un proyecto genético para lograr su reproducción. Era un animal muy importante para el mantenimiento del ecosistema, además de poseer una belleza incomparable, como podéis comprobar vosotros mismos...

El *todoterreno* se acercaba muy despacio al lugar donde aquel animal estaba tumbado. Todo lo que hacía era mover incansablemente las orejas y el rabo. Marcia se entretenía haciendo un dibujo del león. Yo me giré para ver lo que hacía el señor del sombrero, que había parecido tan interesado en el animal, pero me llevé una gran sorpresa al ver que no estaba a mi lado. Tampoco le vi en ningún otro asiento.

—Señor —dije—, señor profesor, el caballero del sombrero ha desaparecido...

—Bueno, Leonardo, no te preocupes, se habrá teletransportado al puerto... Tendría prisa...

Yo no me quedé muy convencido... Antes de partir de allí, volví a mirar hacia el lugar donde estaba el león, y vi un movimiento violento entre las hierbas. No parecía natural, pero nadie le prestaba atención. Parecían las olas de un mar verde en medio de una tormenta, pero de pronto cesó toda actividad, y yo dejé de fijarme. Estábamos hambrientos, y nos dirigíamos hacia el área de recreo. Era la hora de la comida.

Nos habíamos sentado en una mesa separada del resto del grupo. Marcia devoraba un plato de vegetales azules con salsa, y yo elegí un bocadillo de tortilla rellena. Todavía no habíamos terminado, cuando apareció la profesora Berta, que salía del comedor de profesores.

—¡Hola, chicos! ¿Qué tal vuestra visita? Yo he preferido quedarme aquí hasta que volvierais, terminando unos trabajos... Ya veo que tenéis hambre...

—Hola, profesora —dije yo—. Ha sido muy interesante. Había un señor con un sombrero en el *todoterreno...*

La profesora Berta dio un respingo.

—¿Con un sombrero en forma de hongo? ¿Tenía un pequeño bigote, como una raya pintada con un láser negro? —su voz reflejaba cierto nerviosismo.

—Pues, creo que sí, no estoy muy seguro... Ha desaparecido cuando hemos encontrado al león... No he vuelto a verle.

—Pues si lo ves de nuevo, me avisas inmediatamente —me conminó la profesora Berta.

—¿Qué pasa? —dijo Marcia—. ¿Por qué es tan importante? Desde luego, no ganamos para sustos...

—Bueno, tal vez no es nada... No os preocupéis. Yo quería preguntarte por tu padre, Marcia. ¿No crees que está un poco, no sé, como ausente desde hace algún tiempo?

Marcia parecía dudar, como si no le gustara hablar de aquello.

—Ha trabajado mucho estos días. Creo que tenían algún lío en el departamento. Tú sabrás bien cómo es aquello.

—¿Y no notasteis nada raro, poco habitual, el día de la cena? Cuando discutíamos las ideas de Leonardo sobre las predicciones, por ejemplo.

Marcia y yo nos mirábamos sin saber qué decir. Era como si nos faltara una pieza de un rompecabezas para poder entender lo que estaba sucediendo. Yo dudaba si contarle a la profesora mi conversación con el señor Gavrial en su biblioteca.

—A mi padre no le gusta hablar de su trabajo. Muchas cosas se supone que son secretas —dijo Marcia.

La profesora Berta estaba pensativa. Parecía estar a punto de tomar una decisión importante.

—Marcia, voy a preguntarte algo un tanto personal. Tal vez no puedas responderme, pero quiero que lo pienses bien. ¿Le ha salido a tu padre alguna marca reciente en alguno de los brazos? Puede ser una quemadura, un tatuaje, quizá una cicatriz... —la mirada de la profesora se había vuelto ansiosa.

Marcia estaba un tanto sorprendida. De pronto, como si una figura familiar empezara a dibujarse entre la niebla, la expresión de su rostro cambió.

—Ahora siempre lleva manga larga... Nunca lo había hecho, decía que le dan mucho calor... Y sí, un día que salía de ducharse entreví una especie de dibujo en su antebrazo, como una mancha de color escarlata... ¿Significa algo especial? ¿Está enfermo o algo así? —Marcia era quien estaba ansiosa ahora.

La profesora Berta sacó una pantalla y un grafóctico y trazó un dibujo, que le mostró enseguida a Marcia.

—¿Se parecía a esto? —preguntó.

En la pantalla había un signo extraño. Casi me da un vuelco el corazón cuando vi que se parecía extraordinariamente a la figura del pergamino.

—Sí, se parecía bastante, aunque apenas si pude verlo —dijo Marcia.

IX

CUFF INVESTIGA

«APRENDER CHINO ES FÁCIL; lo verdaderamente difícil será encontrar a ese tal Leonardo», musitaba Nicholas Cuff mientras recogía las copas, en las que un halo verdoso marcaba hasta dónde había llegado la bebida. «Afortunadamente, es un nombre más bien raro: Leonardo. Decididamente, está pasado de moda.»

Sir Nicholas no era hombre que perdiera el tiempo. Apenas acababa de evaporarse la Dama del Velo, dejando tras de sí nada más que un par de consejos, desde luego bastante arduos y difíciles de llevar a cabo, cuando él ya estaba pensando cómo podría encontrar a la persona a la que se refería la Dama. En cuanto a lo de aprender chino... Bueno, eso podría dejarse para más adelante, y siempre tendría la posibilidad de contratar a un intérprete. Lo prioritario era concentrarse en ese nombre, Leonardo... Si al menos la Dama hubiera dado alguna pista más, la edad, la profesión, el planeta...

Lo lógico sería empezar por Celestia. Cuff presionó un botón de los mandos de su pulsera y una puerta se abrió en una de las paredes de la habitación, justo entre dos cuadros de Constable. Por allí se descendía a la sala de comunicación mental, desde la que *sir* Nicholas podría acceder a toda la información acumulada en los archivos de toda la Confederación.

La sala era bastante pequeña. Aunque no tenía ninguna ventana ni ningún punto visible de luz, estaba sin embargo muy bien iluminada, por más que no estuviera claro de dónde provenía ese resplandor dorado que permitía la visión, al tiempo que relajaba la mente. En el centro, por todo mobiliario, había un sillón negro que dominaba, orgulloso como un rey, aquella habitación. Cuff se sentó en él, e inmediatamente cambió el color de la luz de la sala. El tono dorado se iba convirtiendo lentamente en un suave matiz púrpura que rodeaba como una película el cuerpo del detective. Cuff permanecía inmóvil.

—Reconocimiento terminado —una voz metálica surgió de la nada.

—Bien —dijo Nicholas—. Quiero información sobre todos los Leonardos registrados en Celestia.

Súbitamente, una pantalla de luz se abrió delante del detective, que empezó a leer:

—Leonardo Nimoy, del planeta Vulcano... Humm, interesante... Creo que lo conocí en cierta ocasión... ¿Podría ser él? Desde luego, su capacidad deductiva es casi similar a la mía, aunque ya debe de ser un anciano. Pero no, no puede ser... —*sir* Nicholas puso una expresión que significaba que había alcanzado una deducción (soltar aire por la nariz, cabecear ligeramente torciendo la cabeza a derecha e izquierda, esbozar una sonrisa suficiente) absolutamente irrebatible:

—Como todo el mundo sabe, los vulcanianos conocen todas las lenguas, luego Nimoy sabe chino; la Dama me ha encargado aprender chino, luego el Leonardo que debo buscar no puede hablar ese idioma; Nimoy sabe chino (ver deducción primera), luego Nimoy no es Leonardo. Bueno, no es el Leonardo que yo busco, quiero decir...

Sir Nicholas Cuff, el detective, en la cima de su genio... Desde luego, el tal Nimoy no era Leonardo. No el Leonardo adecuado.

—Continúa —ordenó Cuff a la pantalla.

Allí seguían apareciendo nombres que Cuff leía con atención:

—Leonardo Cohen, descendiente de un famoso entretenedor, palabrista, tal vez relacionado con una antigua patente de *máquinas de coser* (¿qué demonios será eso?), como indica un viejo incunable, que junto a su nombre pone la palabra *singer*... Vaya, nada de todo esto parece ser de mucha ayuda... —Cuff se daba cuenta de que aquella búsqueda iba a resultar más laboriosa de lo que esperaba.

—Bueno, habrá que visitar a este señor Cohen...

El siguiente nombre en la pantalla era el de Leonardo Venció, pintor que, de acuerdo con la información de los archivos, era de origen italiano. «Como Marco Polo, uno de los padres de las exploraciones... Un momento... Marco Polo descubrió China, todo el mundo lo sabe, luego este tal Leonardo Venció tampoco puede ser el Leonardo que busco... Uno menos...»

En efecto, los caminos que seguían a veces los razonamientos cuffianos eran poco menos que inescrutables para otras mentes menos poderosas y dotadas que la suya, pero el caso era que siempre alcanzaba una conclusión correcta, para sorpresa de sus amigos e indignación de sus enemigos. En realidad, la lógica de sus deducciones tenía una razón: si la Dama había puesto juntos *Leonardo* y *China*, era por algo; era su única pista, y la única que debía seguir para encontrar al auténtico Leonardo...

—Veamos qué más tenemos —dijo Cuff.

En la pantalla seguían apareciendo nombres y nombres que *sir* Nicholas iba eliminando uno tras otro. De vez en cuando anotaba alguno, por la sencilla razón de que no encontraba motivos para eliminarlos de su lista, y pensaba investigarlos personalmente.

—Leonardo Castor, dieciséis años, estudiante en el instituto Capitán Kirk —leía Cuff en voz alta—. Características: excelente expediente académico, extraordinaria afición por la historia del siglo XX... ¡Un momento!

Sir Nicholas casi se cae del sillón. Había recordado de pronto otra de las instrucciones que le había dado la Dama: estudiar el siglo XX. Y ahora resultaba que aquel muchacho era prácticamente un especialista en ese período. Era particularmente extraño... La mayoría de los asesinatos que había podido recopilar se habían producido en ese siglo... Siempre se había preguntado por qué, cuál sería la verdadera razón de la preferencia por una época tan oscura y lejana. Quizá ese Leonardo tuviera la clave del problema.

El detective no tenía hijos, nunca había tratado con niños, y mucho menos con adolescentes. Sentía cierta prevención a trabajar con un jovencito inexperto, pero todo apuntaba a que, efectivamente, la Dama se refería al muchacho.

—Tendré que visitar ese instituto Capitán Kirk, a ver qué me dicen...

Con la rapidez del pensamiento, el color púrpura desapareció, dando paso a la primitiva tonalidad dorada de la sala. Cuff se levantó del sillón, y con paso lento, como si la actividad de su cerebro le separara momentáneamente de la realidad de las cosas, salió de la habitación.

El instituto Capitán Kirk se encontraba en uno de los barrios residenciales de Celestia, a unos cinco mil bloques al norte de la línea ecuatorial. A Nicholas Cuff no le gustaban ni los barrios residenciales, ni los institutos ni tener que cambiar sus ropas cada vez que cruzaba el ecuador del planeta-ciudad.

Su pequeño transbordador sónico surcaba silenciosamente los estratos ajardinados que rodeaban el bloque del instituto. Apenas se había posado cerca de la entrada del centro, cuando ya había salido a recibirlo el director Esquíner, un hombre de edad madura, correctamente vestido para los usos habituales de la capital, pero sin ninguna personalidad propia. Justo el tipo de persona que le resultaba insufrible a Cuff.

—¡El gran policía *sir* Nicholas Cuff! —venía vociferando Esquíner, como si quisiera que todo el barrio se enterara de la visita—. ¡Qué gran honor para nuestro instituto!

El director avanzaba hacia Cuff con una mano extendida, esperando el saludo del detective, pero éste tenía cara de pocos amigos.

—Detective, si no le importa; no policía. Son dos cosas muy distintas, aunque la gente tiende a olvidarlo —dijo *sir* Nicholas con un tono de fastidio.

—Sí, sí, claro, tiene usted razón. ¿Le parece que pasemos a mi despacho? —dijo Esquíner.

Los dos hombres entraron en el instituto, sin darse

cuenta de que un ligero cambio en la textura de las Sombras detrás de ellos delataba la presencia de algo invisible.

El director Esquíner iba explicándole al detective las dificultades con las que se enfrentaban los profesionales de la educación —problemas que, ciertamente, no podían interesar menos a Cuff—, mientras avanzaban por el pasillo en dirección a su despacho.

Una vez dentro, los dos hombres se sentaron uno enfrente del otro. Esquíner empezaba a sentirse incómodo. No estaba acostumbrado a entrevistarse con celebridades, y no sabía muy bien qué actitud tomar. Además, Cuff no ayudaba mucho. Le observaba en silencio, como un juez. Era un hombre impresionante, muy alto, con aspecto de ser perfectamente capaz de aplastar a alguien como Esquíner sólo con la mirada, tal era la energía que se desprendía de su figura.

—¿Y qué se le ofrece? —Esquíner prefería hablar de cualquier cosa antes que seguir soportando aquel silencio.

—Según mis informes, uno de sus estudiantes se llama Leonardo Castor. Deseo verle —Cuff había dicho esto último adelantando significativamente su cabeza hacia Esquíner.

—Ah, sí, Leonardo. Le conozco bien, uno de nuestros mejores alumnos, a pesar de algunos defectos que afean su personalidad... ¿Y en qué lío está metido? —Esquíner se regocijaba por anticipado imaginando a Leonardo en apuros. Todo el mundo sabía que Esquíner no se llevaba nada bien con Leonardo, especialmente después de aquella presentación de curso en la que Leonardo se atrevió a corregirlo en público.

—Eso no es de su incumbencia —dijo Cuff secamente—. Quiero verlo *ahora.*

El tono de voz de *sir* Nicholas no dejaba muchas opciones. Era tremendamente imperioso.

—Pues lo siento muchísimo, pero su curso está de excursión. Mucho me temo que tendrá usted que esperar a que regresen —Esquíner sentía una mezcla de satisfacción por decepcionar a aquel insolente policía, y un temor irracional a disgustarle.

—¿De excursión? ¡Diablos! ¿Es que ustedes no trabajan nunca? ¿Cuándo aprenden aquí los niños? —exclamó Cuff.

Esquíner dudaba si aprovechar la ocasión para reivindicar la dignidad de su trabajo («también aprenden en las excursiones, también son trabajo...») o dejarlo, pues de todos modos notaba la inutilidad de intentar cualquier clase de explicación.

—¿Y adónde han ido, si puede saberse? ¿A VirtuoDisney? —Cuff estaba impertinente. En su descargo, hemos de decir que cualquier retraso en sus planes le producía siempre una reacción involuntaria de fastidio que pagaban los que tuviera más cerca.

—Pues no, señor, a Zoocosmos... —dijo Esquíner, que ya no sabía cómo librarse de aquella molesta visita.

—Zoocosmos... —murmuró Cuff para sí—. Tendré que tomar un teletransporte...

Aún no había terminado el detective su frase cuando un estruendo sacudió los cristales del despacho de Esquíner. Los dos hombres salieron corriendo al patio, de donde provenían unas voces que gritaban excitadas. Allí pudieron ver cómo unas enormes llamas azules que parecían provenir de la nada estaban provocando que todos los transbordadores estacionados explotaran uno detrás de otro.

—¡Mi transbordador! —gritó Cuff.

Entonces, las copas de los árboles que rodeaban el edificio empezaron a combarse, como si un viento irresistible las empujara.

—¿Qué está sucediendo? ¿Qué pasa? —decía angustiado Esquíner.

Cuff miraba con asombro las contorsiones imposibles de los árboles. De pronto, comprendió lo que pasaba.

—¡Es un transbordador invisible! ¡Sólo hay uno en toda la galaxia! ¡Es el Cazador! —gritó Cuff—. Será mejor que diga a todo el mundo que se esconda.

Mientras Esquíner se ponía a chillar como un poseído —«¡A cubierto! ¡A cubierto!»—, Nicholas Cuff sacaba de uno de sus bolsillos un telemando con el que apuntaba hacia el hueco entre las copas de los árboles. Del telemando surgió un finísimo haz de círculos de luz dorada que destruyó el sistema de camuflaje de la nave del Cazador. Entonces se hizo visible un minúsculo transbordador descapotable de transporte personal conducido por un ser de aspecto salvaje que parecía un todo compacto con la nave. El ser, al verse descubierto, abrió una especie de ojo en su amplísima frente del que salió un rayo color plata que casi acierta a Cuff. El detective había saltado a esconderse detrás de una estatua dedicada a Jorge Lucas, que estalló pulverizada por el rayo. El Cazador aprovechó ese momento para desaparecer entre las nubes.

—¡Por la rosa jupiterina! Seguro que ha escuchado la conversación con el director...

Cuff presionó un botón de su mando de pulsera y dijo:

—Teletransporte inmediato a Zoocosmos, prioridad gubernamental uno.

Y desapareció con un chasquido de luz.

X

Zoocosmos (II)

NO PUDE SEGUIR PREGUNTÁNDOLE a la profesora Berta por el significado de aquel signo extraño, porque un tremendo revuelo de aeroambulancias, sirenas y gente corriendo nos interrumpió. Nos miramos sin saber qué debíamos hacer.

—Voy a ver qué pasa, vosotros quedaos aquí —dijo la profesora Berta.

Al quedarnos solos, noté que Leonardo me miraba con más intensidad de lo habitual. A mí la cabeza me giraba como un planeta desbocado y no tenía muchas ganas de hablar, pero la insistencia de sus ojos de zargal asustado se me empezaba a hacer insoportable.

—¿Qué pasa, Leonardo? ¿Quieres decirme algo? —le pregunté.

—Bueno, yo... No sé... Es sobre ese dibujo... —la voz de Leonardo era insegura, como si no se atreviera a contarme algo. Como la primera vez que me invitó a una holoquinesis.

—¿Qué pasa? —dije yo ansiosamente—. ¿Lo has visto antes? ¿Sabes lo que es?

—No, no sé lo que es, pero... sí lo he visto antes... —Leonardo hizo una pausa que me pareció insoportable. Justo en ese momento volvía la profesora Berta.

—Ha ocurrido algo muy raro, un accidente que nunca había sucedido antes —nos dijo—. ¿Recuerdas al señor del sombrero, Leonardo? Pues ha sido devorado por el león.

Leonardo y yo nos miramos atónitos. Si todos los días de mi vida hubieran sido como aquél, habría muerto ya de vieja.

—Pero ¿cómo devorado? —preguntó Leonardo.

—Los responsables del parque creen que ha habido un fallo en su sistema de teletransporte y que, en vez de aparecer en el puerto, lo ha hecho justo al lado del león. Han cerrado esa zona para realizar una investigación... —yo me daba cuenta de que la profesora nos ocultaba algo, no nos decía todo lo que sabía.

—¿Y van a suspender las visitas de la tarde? —preguntó Leonardo.

—No, no te preocupes, podrás ver al palisandro. Sólo cierran el área cuaternaria.

Yo no podía creer que Leonardo se interesara ahora por esos estúpidos animales, cuando había tantas cosas que teníamos que aclarar. Resulta tan inteligente que sólo se fija en las cosas exteriores, nunca mira dentro de sí. La propia curiosidad que le impulsa a realizar tantas actividades diversas le impide darse cuenta de los sentimientos de quienes le rodean. No sé, hay veces en que pierde la perspectiva. Así es que yo insistí en lo que de verdad me parecía importante:

—Berta, Leonardo me estaba diciendo que ya había visto antes ese dibujo... —dije.

—¿Cómo? —gritó la profesora—. ¿Dónde, Leonardo?

La profesora agarraba a Leonardo de los brazos y lo sacudía con fuerza. Leonardo estaba muy azorado.

—En... en casa de Marcia —dijo Leonardo muy deprisa.

Yo casi me desmayo. ¡En mi casa!

Leonardo nos miraba a las dos alternativamente, como si no supiera bien a cuál debía contárselo.

—Sigue —ordenó la profesora Berta.

—El señor Gavrial jugaba al ajedrez conmigo, lo que era normal; lo que ya era más raro es que parecía muy irritable... Ya sabéis que es hasta demasiado afable...

Yo también había notado ese cambio en mi padre. Llevaba así algunos meses... Mi madre no decía nada, pensábamos que tendría problemas en el trabajo.

—Sí, últimamente no parece el mismo... Yo debería haberle prestado más atención, quiso hablar conmigo alguna vez... —se lamentó la profesora Berta.

—Pues entonces fue cuando me condujo hasta su biblioteca... Nunca antes me había dejado entrar allí —siguió Leonardo.

«A mí nunca me ha dejado», pensé con amargura.

—Sacó entonces un pergamino muy antiguo, lo puso sobre una mesa y, al proyectar luz desde debajo, se dibujó ese signo en el techo —terminó Leonardo.

Yo ya no podía más:

—Pero, por favor, profesora, ¿qué significa? ¿Qué le pasa a mi padre?

La profesora Berta no pudo responderme porque un rayo de color de plata surgió de la nada e hizo estallar la máquina de refrescos que estaba detrás de nuestra mesa. Apenas si pudimos ver un rostro como de animal antiguo resplandecer detrás de nosotros antes de saltar por la ventana y salir corriendo detrás de la profesora Berta.

Los tres corríamos sin saber muy bien hacia dónde. Detrás de nosotros, las explosiones se sucedían una tras otra, tiñendo el cielo de Zoocosmos de un color cercano al naranja de las frutas de Invernia.

—¡Rápido! ¡A la cinta de transporte! —nos gritó la profesora.

Leonardo y yo corríamos como autómatas, sin saber muy bien por qué lo hacíamos, pero la voz de Berta era tan imperiosa, y el ruido de las explosiones tan amenazador, que resultaba mucho más fácil no detenerse a pensar.

Saltamos dentro de la cinta. La profesora Berta sabía cómo hacerla funcionar, y después de darle las claves a la unidad de mando, la cinta se puso en marcha, alejándonos a gran velocidad de la zona de comidas.

—¡Vamos demasiado deprisa! —advertía Leonardo.

Y era verdad, la cinta se deslizaba a gran velocidad entre manadas de sorprendidas jirafas y búfalos atónitos, sorteando bosquecillos de acacias africanas, elevándose de pronto sobre las nubes, saltando las enormes vallas que separaban los distintos períodos que albergaba el parque.

—Pero ¿por qué huimos, profesora? —pude por fin preguntar. Hasta entonces era como si la garganta se me hubiera petrificado.

Berta nos miraba con asombro.

—Pues porque trataban de matarnos, por eso.

—¿A nosotros? —exclamamos Leonardo y yo al unísono—. Pero ¿quién, por qué? —la profesora se relajó por un momento. Hasta entonces, había estado muy ocupada programando los mandos de la cinta, vigilando si nos seguían, preocupándose de que no nos desestabilizáramos y tuviéramos un accidente. Se sentó en uno de los sillones junto a la cabina de pilotaje, justo enfrente de nosotros.

—Esos rayos plateados provenían de una de las armas que suelen usar las bandas de mercenarios que trabajan para las Sombras.

Todo aquello parecía una broma. Mercenarios, rayos plateados, Sombras, asesinatos, explosiones... Como las ficciones de las holoquinesis, pero mucho menos real. Quiero decir que, cuando te sucede algo así, siempre crees que no está pasando de verdad. La mente tarda en acostumbrarse. Como cuando se muere un familiar o un amigo al que vemos con frecuencia. Todo lo que decía la profesora Berta me recordaba las novelas de literatura antigua que le gustaban a Leonardo.

La profesora Berta alzó sus ojos, y nos miró como pidiendo disculpas por habernos metido en aquel lío.

—¿Y...? —la urgió Leonardo.

—Bien, supongo que tenéis todo el derecho a saberlo, especialmente tú, Marcia —me dijo Berta. Yo sentí como si un láser de alta densidad me perforara el corazón—. En primer lugar, ese hombre del sombrero de hongo y bigote ridículo que ha visto Leonardo era un espía. No sé qué hacía aquí ni cómo ha sido tan torpe como para que se lo comiera el león, pero sospecho que me estaba espiando. Sí, no me miréis así, recordad que yo también trabajo para el gobierno. Nos entrenan para que distingamos a los espías...

Yo me iba poniendo cada vez más nerviosa. La historia de la profesora Berta era demasiado fantástica, demasiado alejada de mi vida diaria... Demasiado larga, además. Yo quería saber qué tenía que ver todo aquello conmigo y con mi padre, aunque, en realidad, me daba mucho miedo descubrirlo. Casi deseaba que pasara algo y que la profesora se callara. Menos mal que Leonardo me apretaba fuerte la mano.

—En cuanto a esa señal que tiene tu padre en el brazo,

Marcia, y que estaba también en el pergamino antiguo... Es la señal de Feng, la señal de la profecía —continuó la profesora Berta, cada vez más misteriosa, cada vez más sombría.

—¿Feng? ¿La profecía? ¿Qué demonios significa? —preguntó Leonardo. Yo le agradecía que hablara, porque a mí se me estaban terminando las fuerzas.

—La verdad es que no estoy muy segura... —dudó la profesora—. Es algo de lo que se habla mucho en el departamento de predicciones, sobre todo desde que empezó el asunto del Asesino Temporal, pero nadie sabe nada a ciencia cierta... Los rumores que he oído dicen que quien tiene la marca grabada en su cuerpo ya no tiene voluntad, se ha convertido en parte de la profecía... Pero es sólo un rumor, nada más... No pongas esa cara, Marcia, verás como no pasa nada... —yo sentía que la sangre ya no regaba mi rostro, debía de haberme puesto palidísima... Leonardo me acariciaba el pelo y me susurraba palabras de consuelo. A mí sólo me aliviaba el aire que sentía azotándome la cara. Cada vez íbamos más deprisa.

—¿Y qué tiene que ver el asesino en todo esto? —preguntó Leonardo.

—Verás, tus teorías...

De pronto, mientras ellos hablaban, vi que la pista de la cinta terminaba bruscamente justo enfrente de nosotros, donde una gigantesca línea roja iluminada con focos de ultraluz indicaba que allí acababa nuestro pequeño viaje. No pude evitar dar un grito:

—¡¡Cuidado!! ¡Nos estrellamos! —chillé.

—¡La zona salvaje...! —fue lo último que oí antes de que la cinta transportadora nos lanzara por los aires.

Caímos, después de un vuelo de segundos en el que me pareció que el tiempo se congelaba, sobre la copa de un árbol altísimo. Tan grande era que apenas si podía distinguirse el suelo bajo nuestros pies. Las ramas formaban un laberinto espeso. Habíamos tenido suerte, porque nos habían servido para no estrellarnos contra el suelo, y ahora nos servirían también como escalera para bajar. Leonardo se quejaba de que le dolía un hombro, pero estábamos vivos, después de todo.

—Será mejor bajar primero, y luego comprobar si tenemos algo roto. Estas ramas podrían romperse... —dijo la profesora Berta.

Y así lo hicimos. Descendíamos muy despacio, comprobando cuidadosamente que cada rama podría sostener nuestro peso. Tardamos bastante tiempo en alcanzar el suelo. Aún aturdidos, sin saber muy bien lo que nos había sucedido, nos tumbamos al pie del árbol, resoplando y palpándonos todo el cuerpo.

Estábamos más o menos bien, apenas un poco magullados y doloridos. Sin embargo, enseguida supimos que nuestra situación estaba lejos de resultar idílica.

—¿Os dais cuenta de que estamos en una de las zonas salvajes? Y sin ningún medio para regresar... —se lamentó Leonardo el Pesaroso. No creo que Leonardo resulte de mucha ayuda en situaciones verdaderamente comprometidas; todas las dificultades se le convierten en montañas insalvables. Menos mal que estaba con nosotros la profesora Berta.

—No os preocupéis, volveremos andando. No creo que nos hayamos alejado tanto... —la profesora Berta trataba de ocultarnos con un tono de voz aparentemente seguro que ella estaba también asustada.

Nos encontrábamos en lo alto de una colina, en mitad de un bosquecillo de árboles gigantes, desde el que se veía un tenebroso mundo desconocido: montes azulados, algo parecido a un lago brillando como una turquesa de Cristalia del que salían unos riachuelos que recorrían como las venas de un cadáver toda la extensión de la llanura, una fronda en uno de los extremos de lo que nos pareció un holomapa en relieve: los colores, las nubes, el cielo, los ruidos...

—¿Oís? —dijo Leonardo—. ¿No oís?

Berta y yo no oíamos nada, pero en medio de la llanura se veían unas nubes de polvo que avanzaban a gran velocidad. Al principio, sólo eran como lejanas explosiones silenciosas, pero a cada momento estaban más cerca, el polvo ascendía hacia el cielo como arrastrado por un huracán, y entonces sí empezamos a oír un sonido ululante, cada vez más intenso, un silbido que ya empezaba a ser ensordecedor.

—¡Son zardias! ¡Zardias! —exclamó la profesora Berta—. ¡Rápido, escondeos entre los árboles!

Nos ocultamos tan rápido como pudimos, esperando que aquellos árboles vigilantes bastaran para refugiarnos. Las zardias son los animales más feroces y voraces que se conocen. Su solo nombre había servido para amargar las noches de muchos niños en los planetas de la Confederación. Como enormes lombrices, como gusanos con una boca inmensa llena de afilados y minúsculos dientes capaces de devorar varios elefantes en pocos minutos. Se dice que una sola gota de sus jugos gástricos podría perforar un planeta pequeño hasta hacerlo explotar al llegar a su centro. Por fortuna, nosotros éramos demasiado pequeños como para que un animal de esta clase nos prestara atención.

—Ya se van... —dijo Leonardo.

Y vimos cómo el remolino polvoriento que indicaba el paso de las zardias se perdía en el horizonte.

Pero las zardias no eran el peligro principal que tendríamos que afrontar. Leonardo estaba enumerando algunos. ¡Cuánto me hubiera gustado que, por una vez, se callara!

—Están los zorcastos, de los que es muy difícil defenderse porque son casi invisibles, y además son muy, muy venenosos; también he oído que es mejor no ver a un langur enfadado, a veces puede disparar sus colmillos a gran distancia con sorprendente puntería, y todo sin contar con las lagunas de fuego, las lianas vivas, o los insectos de la carne... —Leonardo pretendía calmar su nerviosismo hablando sin parar. ¡Curiosa forma de ocultar el miedo! Pero yo no lo aguantaba más, me ponía histérica.

—¡Cállate de una vez, Leonardo, cállate! —le grité con todas mis fuerzas.

Mientras Leonardo y yo discutíamos, la profesora Berta había estado estudiando un holomapa del planeta que llevaba en su monitor de pulsera. Miraba el mapa y escrutaba el horizonte como buscando algo.

—Callaos los dos. El peligro principal es que nos perdamos. Tenemos que encontrar la ruta de vuelta más rápida y más segura. Si anochece sin que hayamos regresado... —la profesora Berta prefirió no terminar la frase, lo que no fue muy tranquilizador.

—¿Veis aquella hendidura entre las dos montañas detrás del lago, aquella que parece una uve? Tendremos que atravesarla, es la salida natural de esta zona. Antes hemos pasado a través de ella en la cinta transportadora.

Leonardo y yo miramos hacia donde señalaba la profesora Berta. Nos pareció terriblemente lejano aquel valle.

—¡Qué pena no tener aquí mis bicicletas...! —fue todo lo que se le ocurrió a Leonardo, pero yo se lo agradecí: la normalidad de su comentario me tranquilizaba, como si así pudiéramos creer que no había nada de inusual y peligroso en aquella situación.

—¡Mejor nos vendría un acumulador de energía mental! —contestó la profesora Berta—. ¡En marcha! El tiempo corre muy rápido.

Y empezamos a descender hacia la llanura imposible que nos separaba de la salvación detrás de las montañas.

XI

El Cazador actúa

El verdadero nombre del Cazador era desconocido. Nadie que lo hubiera escuchado había podido sobrevivir. Todo lo que se sabía de él en la galaxia era que nunca había dejado escapar ninguna pieza. Sin embargo, había quienes no creían en su existencia. En realidad, no había ninguna evidencia oficial de que tal ser fuera real. Todo lo que se sabía de él en Celestia provenía de confusos relatos de mercaderes asustados o de tripulantes de naves de carga que habían sobrevivido a algún desastre y que contaban fabulosas historias acerca de una figura de casi tres metros de altura que era capaz de rasgar la piel de una zardia con sus uñas, de saltar por encima de edificios de varias plantas sin apenas esfuerzo y que nunca hablaba. Los pocos que sí sabían que la mítica figura del Cazador existía verdaderamente preferían no decir nada. Sólo en susurros se podía hablar de él. Incluso en algunos planetas se pensaba que si alguien conocía su nombre y lo invocaba, el Cazador aparecía como surgido de las moléculas del aire para llevarte con él al abismo interdimensional.

Uno de los pocos que conocían al Cazador era Nicholas Cuff. Nunca se había enfrentado directamente con él, pero sí que había entablado relación con algunos aventureros que lo habían visto. Sabía que trabajaba para quien mejor pagara, y que muy poco le importaba qué clase de pieza le encargaran cazar. Él siempre cumplía con su trabajo.

Cuff había empleado algunos años estudiando sus métodos, investigando de dónde provenían esas habilidades que a otro menos perspicaz que *sir* Nicholas podrían parecerle mágicas, pero que en realidad no eran más que el resultado de un experimento científico en el que pereció toda una raza: sólo el Cazador, posiblemente el más dotado genéticamente de entre los suyos, había sobrevivido. Y allí empezó su leyenda.

Cuff sabía que, tarde o temprano, iba a cruzarse en su camino, y por eso pasó años preparándose para el encuentro. Conocía perfectamente cuáles eran sus puntos débiles —así los llamaba Cuff en un arranque de optimismo: otros pensaban que tal ser no tenía puntos débiles—, y también sabía que no podía vencérsele en el terreno físico. Además, era uno de los pocos que podían circular entre las dimensiones. En realidad, sólo dos seres podían hacerlo: el otro era Heriberto Heliogábalus Dolor. Nadie sabía cómo lo hacían.

Ahora, el Cazador sobrevolaba las aeropistas de Celestia.

La nave del Cazador era uno de los modelos más pequeños de transbordador que se fabricaban. Se trataba de un modelo descapotable, que sólo podían utilizar los seres capaces de soportar el vacío del espacio y de vivir sin oxígeno; los seres que podían soportar velocidades cercanas a la de la luz sin ninguna protección; los seres que se distraían apartando los asteroides perdidos a cabezazos; los seres como el Cazador.

Además, este modelo era el único dotado con un sistema de camuflaje que lo volvía invisible. Esta utilidad resultaba de gran ayuda en las misiones de espionaje, y ésa precisamente era una de las tareas con las que el Cazador había acudido a Celestia. La otra, la que realizaba con mayor placer, era una exterminación.

Por eso precisamente decidió empezar por la caza. Puso su nave en modo de camuflaje y empezó a rastrear con su buscador la señal que le permitiría localizar a su víctima. Quizá le llevara algún tiempo, pues Celestia, el planeta-ciudad, era desproporcionadamente grande, pero él nunca tenía prisa. La principal virtud de un buen cazador es la paciencia, y la cualidad más valiosa de un diletante es saber postergar el momento del máximo placer.

El transbordador volaba en círculos cada vez más amplios. El holomapa de Celestia que utilizaba el Cazador le permitía visualizar en su consola enormes extensiones de ciudad. Sólo era cuestión de tiempo que la señal lumínico-sonora que indicaba la presencia de la víctima apareciera en el mapa.

Y así fue. El tenue silbido que mostraba que se había efectuado la localización no tardó en llegar a los oídos del mercenario. Un intermitente punto de luz añil en el holomapa le indicaba el lugar exacto donde se encontraba el sujeto. Se trataba de un edificio oficial, el departamento de predicciones. El Cazador conectó el silenciador de energía y programó los mandos de la nave para aterrizar en el tejado del edificio.

Al posarse, la nave del Cazador había debido de disparar alguna clase de alarma, porque, en apenas unos segundos, el tejado se había llenado de miembros de élite de la CGI, que miraban asombrados a su alrededor. Allí no se veía nada anormal, nada que hubiera hecho saltar las alarmas de nivel 1. Con todo, prefirieron examinar cuidadosamente todo el tejado. Esas alarmas nunca saltan en vano.

El primero en morir fue el sargento Conte. Sintió una punzada aguda en el vientre, y antes de tener tiempo de gritar, el dolor frío le había alcanzado ya la garganta, enmudeciéndolo. Sus compañeros sólo pudieron ver el chorro de sangre que surgía de su abdomen. Parecía que le hubiera matado un fantasma.

Uno a uno, todos los miembros del comando de la CGI fueron cayendo sin saber de dónde les venía el golpe, ni quién los estaba exterminando.

El Cazador salió del plano dimensional por el que se movía. Sólo podía saltar de plano a plano durante algunos segundos. Si permanecía saltando más tiempo, podía quedar atrapado para siempre en la interdimensión, y no salir nunca de ella. Decidió que realizaría el trabajo a cara descubierta.

Abrió un agujero en el techo con sus manos desnudas y saltó al interior. En su mando de pulsera pudo ver que el objetivo estaba en el subnivel 354. Accionó un botón de sus botas de viaje, y un rayo escarlata comenzó a perforar los niveles del edificio. En apenas un par de minutos estaba en el subnivel deseado.

La luz que indicaba la presencia del objetivo parpadeaba con especial intensidad. El Cazador apartó de su camino a cuantos trataban de interponerse. Era como si doblara juncos molestos en un paseo junto a un río. Algunos de ellos volaban varias docenas de metros antes de caer en posturas grotescas, con el cuello roto o la espalda fracturada en varios lugares. Por fin, delante de él, impávido esperando su destino, se topó con Zúsculo Gavrial.

—Así es que ya has llegado... —dijo con cansancio infinito—. Te esperaba con verdadera ansia.

Al Cazador no le interesaban lo más mínimo los comentarios de la víctima. De un zarpazo certero, lo partió por la mitad y lavó sus manos en el charco de sangre que empezaba a crecer, como una inundación, entre sus piernas. Accionó de nuevo el botón de las botas, y subió al tejado con tanta rapidez como la que había empleado en el descenso.

De nuevo la nave camuflada del Cazador sobrevolaba los edificios de Celestia. Aún le quedaba por resolver el asunto del espionaje. Esta vez sus órdenes consistían en conseguir información acerca de las actividades de Nicholas Cuff.

El Cazador había oído muchas historias sobre el detective. Algunos de sus mejores amigos habían sido apresados o ejecutados por culpa de Cuff. El Cazador no le guardaba ningún rencor por ello; al contrario, comprendía que ese riesgo formaba parte de la lucha, y lo único que lamentaba era la impericia de sus amistades. Sin embargo, sí que deseaba medirse con *sir* Nicholas y demostrarle su superioridad. Pero su misión era, esta vez, mucho más pacífica. Sólo debía espiarle. Debía rehuir todo enfrentamiento.

Por eso, no sintió una especial excitación cuando su

rastreador le indicó que Cuff se encontraba en el instituto Capitán Kirk. Ajustó los mandos de vuelo y estableció las coordenadas de gravitación justo sobre el edificio, a una altura que le permitiera utilizar las ondas de micrograbación para registrar la conversación de Cuff.

Pero esta vez el Cazador cometió un pequeño error. Estaba grabando todo lo que decían el director del instituto y el detective mientras flotaba su nave sobre los tejados. Hasta ahí, ningún problema. Sin embargo, el Cazador había olvidado desconectar su sistema de camuflaje, y un aerotransporte colectivo que volaba a baja altura en ese momento no pudo verlo, y se produjo un choque que empezó una serie de explosiones en cadena de cuantos transbordadores pasaban en aquel momento por la zona.

El Cazador, al darse cuenta de que su misión corría peligro si le descubrían, decidió que ya había reunido suficiente información, y conectó los mandos interestelares para abandonar el planeta.

Justo en ese momento, mientras doblaba las copas de unos árboles para buscar la libertad del cielo, apareció Cuff, que le disparó con su telemando de ondas de luz dorada, con tanto acierto que le estropeó el sistema de camuflaje. El Cazador supo que se estaba haciendo visible. No podía consentir que alguien avisara a la policía y enviaran tras él a una escuadrilla de naves del ejército, así es que tuvo que reaccionar. Disparó un rayo de plata de su frente (otra de sus habilidades era emplear la energía mental para disparar unos mortíferos rayos desde un ojo oculto) que por poco si acierta a Cuff, y ganó así el tiempo necesario para poder huir.

La lucha con *sir* Nicholas iba a resultar más interesante de lo que había supuesto en un principio.

LAS VOCES OSCURAS (INTERLUDIO)

En una sala oscura, etcétera, etcétera, etcétera.

Una voz: El registro del espía enviado a Zoocosmos ha desaparecido de la pantalla... Es extraño...

Otra voz: Le habrá sucedido algo... A lo mejor, ese León resulta... peligroso.

Inexplicablemente, aquello debe de resultar muy gracioso, porque hay gran convulsión entre la tiniebla que envuelve la estancia. Las Sombras ríen, o algo así.

Una voz: ¡Peligroso! Ja, ja, ja... Otra de ésas y me ilumino para siempre...

Ahora todas las Sombras parecen bailar al unísono un vals. Tanto se sacuden que se diría que un maremoto de olas oscuras ha tomado posesión del aire.

Una tercera voz: ¡Ay! Si no fuera por estos pequeños momentos...

Una voz: ¿Y vosotras creéis que valdrá la pena eso de la cuarta dimensión...?

Las otras voces: ¡Anatema! ¡Anatema! ¡Como te oiga Él o algún miembro del Consejo...!

Una tercera voz: Es decisión de la Superioridad...

Otra voz: Y ya sabes que saben más que tú, que han experimentado más que tú, ¡y que te pueden eliminar!

Una voz cualquiera: Y están los testimonios de los interdimensionales...

Una voz: ¡Ah!, sí, ésos...

Otra voz: ¿Qué pasa, no te merecen crédito? ¿Y quién te ha dado un cerebro, después de todo? ¿Quién te ha dicho que puedes pensar, di, quién?

UNA VOZ: Pensar, pensar... Yo sólo quería entablar conversación..., me aburre tanto esta oscuridad...

TODAS LAS OTRAS VOCES: ¡Ohhhh! ¡Le aburre la oscuridad! ¡¡Traición, traición!!

UNA VOZ: No, esperad, no me habéis entendido... Quiero decir...

Pero es demasiado tarde. Un resplandor de luz azulada, etcétera.

ÉL: ¡Néctar!

Y, mientras Él bebe, un vertiginoso estallido escarlata elimina a la Sombra traidora.

ÉL: Ahora echarás de menos más de una dimensión, ¿verdad?

TODAS LAS VOCES: Je, je, je... ¡Qué buen humor!

ÉL: Convocad una reunión inmediata. Quiero aquí a HHD, al Cazador y al espía que enviamos a Zoocosmos... ¡en menos que canta un sastre!

La oscuridad se abre como una herida.

UNA VOZ: ¡Capitán Heriberto!

OTRA VOZ: ¡Capitán Heliogábalus!

UNA TERCERA VOZ: ¡Capitán Dolor!

TODAS: ¡Capitán Heriberto Heliogábalus Dolor!

El capitán Dolor a duras penas puede contener su irritación. El labio inferior le tiembla como tiembla un condenado, y un fragmento de aro de cebolla consigue difícilmente mantener el equilibrio, apenas sostenido por el bigote del capitán. Unas manchitas rojas casi invisibles le afean la solapa de su chaqueta, y un poco recomendable olor a pepinillos empieza a invadir la sala. Por fortuna, las Sombras carecen de olfato (y de nariz, por cierto).

HHD: No me gusta, repito, no me gusta que nadie, repito, nadie, me teleporte mientras como una hamburguesa con Rita. ¡Ni siquiera las Sombras! ¿Me oís? Como me toquéis mucho las narices enciendo una linterna...

LAS VOCES: ¡Ohhh! No, una linterna no, por favor.

UNA VOZ: Él ha convocado una reunión urgente...

OTRA VOZ: Viene también el Cazador...

HHD: ¿El Cazador? ¿Ese inútil friegadesiertos cagón? El Cazador...

El capitán Dolor escupe al suelo, muestra suprema de desprecio.

UNA VOZ: Pero el señor Cazador tiene un bien ganado prestigio...

HHD: Sí, como sujetaparasoles y limpialetrinas...

OTRA VOZ: Y ha rendido grandes servicios al Consejo...

HHD: Sí, eliminando viejas y niños en los planetas Pacifistas... Todo un valiente...

UNA VOZ: Pues yo no creo que el capitán se atreviera a decírselo a la cara...

HHD: Repite eso, Sombra sombría, repítelo si tienes algo más negro que el alma, repítelo y lo último que verás serán mis dedos y lo último que oirás será mi risa... Y no te gustaría, te lo aseguro...

Las Sombras, claro, se funden en una, así se hacen indistinguibles. El capitán Dolor las atemoriza. Así, fundidas, se sienten más seguras hasta que llegue Él.

Y Él llega entre chispas azules...

ÉL: ¡Néctar!

UNA VOZ: Su Enormidad, el capitán Heriberto Heliogábalus Dolor está aquí.

ÉL: Bien. ¿Y el Cazador?

OTRA VOZ: No ha llegado aún, su Magnificidad.

ÉL: ¿Cómo?

UNA VOZ: Pero ha enviado un mensaje...

ÉL: Pues dímelo, inútil.

UNA VOZ: Transcribo, su Excelsidad: «Espiado Cuff en Celestia. Conversación con un director de instituto: búsqueda de un tal Leonardo Castor. Le sigo a Zoocosmos. Desde allí próximo informe». No hay más, su Oscuridad Infinita.

HHD *(con una sonrisilla suficiente)*: ¡Y ni siquiera sabe escribir un informe! No hay filosofía, no hay lírica... ¡Un cagón!

ÉL: Leonardo Castor... Zoocosmos... Demasiadas casualidades... ¿Qué sabemos de Leonardo Castor?

UNA VOZ: Absolutamente nada, su Mismidad.

ÉL: ¿Cómo nada? *(rugido)*.

OTRA VOZ: Es un nombre anónimo...

HHD: ¡Un nombre anónimo! ¡Vaya! Eso sí que es filosofía lírica...

ÉL: En cuanto a Zoocosmos, ¿qué dice nuestro espía?

UNA VOZ: Bueno, es que..., ha desaparecido. No hay ningún rastro de él en las pantallas de seguimiento.

HHD *(jocoso)*: Cada vez quedan menos profesionales...

OTRA VOZ: Según el rastro vital, su sustancia forma parte ahora de otro ser...

HHD: ¡Ja! Entonces lo han devorado... ¡Me alegro!

ÉL: Bueno, al menos el Cazador va para allá. ¿Y qué es un director de instituto? Parece importante...

HHD *(sarcástico hasta el asombro)*: ¡Oh, sí, importantísimo! Son unos seres tremendamente peligrosos, imprevisibles... Yo, si quieren, me ocuparé de él... Cuando acabe unos asuntillos, claro.

ÉL: Ya veremos, ya veremos... Ahora te toca a ti, Dolor. Hay una nueva predicción. Cuatro trabajos.

Él extendió una lista al capitán Dolor.

HHD: ¡Humm...! ¡Interesante! Creo que me lo pasaré bien... Por cierto, este Leon de la traducción (pésima, por cierto), ¿no será el Leonardo Castor de la comunicación del Cazador?

ÉL *(interesado)*: ¡Comprobadlo!

Y todo se desvanece entre relámpagos azules.

XII

EL PALISANDRO

Si tuviera que juzgar por los pinchazos en los músculos de las piernas, hubiera dicho que llevábamos horas andando. Sin embargo, si miraba la distancia que aún nos separaba de aquel valle salvador, diría que parecía alejarse con cada uno de nuestros pasos. Caminar por aquellos parajes no era como los paseos que suelo dar por los parques de Celestia, cuando acompaño a Marcia a un lugar cualquiera y atravesamos las praderas solitarias y arboladas que separan los estratos. Allí, cada zancada causaba dolor, hasta el aire parecía un enemigo, tan denso y abrumador como un ser vivo; incluso el sencillo declinar de los soles de Zoocosmos era una amenaza, pues allí nada extraño sobrevivía sin luz. De las bestias era el reino de lo oscuro. O de algo peor.

Sólo una cosa me confortaba: debía proteger a Marcia. Por una vez me supe imprescindible, sentí que entre los dos se creaba un lazo que tal vez nunca se destruiría. Nuestra necesidad del otro nos estaba uniendo cada vez más. Por lo menos, yo me consolaba con esos pensamientos. Siempre era mejor que pensar en zorcastos, o en cualquier otro ser.

La profesora Berta nos marcaba un ritmo de marcha muy rápido. Ahora me alegraba de mi vieja costumbre de usar la bicicleta en lugar de los acumuladores de energía mental. Estaba seguro de que ni Ricardo Altares ni Claudio Simón, ese par de deportistas presumidos de la clase de Quinto, podrían resistir una prueba como aquélla. Ya serían cadáveres.

Marcia iba delante de mí, con la blusa desgarrada por varias partes, sudando y tratando de sujetarse el pelo por detrás de las orejas para que no le molestara. La profesora Berta, en silencio y con una determinación que me admiraba (no me la imaginaba en ningún profesor), abría camino delante de nosotros. Nadie parecía tener ganas de hablar. Salvo yo, claro.

—Ayer por la tarde, Marcia y yo estábamos tranquilamente en mi casa preparando un trabajo para la escuela, escuchando los electrodiarios y comentando mis teorías sobre el Asesino Temporal, y míranos ahora... —dije, sin mucha esperanza de que me contestaran. Nadie lo hizo, así es que insistí.

—Por cierto, que sobre el Asesino... —volví a decir.

—Ahora no, Leonardo —me interrumpió la profesora Berta—. Ahora no —repitió.

Marcia se volvió y me miró con una mezcla de asombro y agradecimiento. La verdad es que nunca la había visto tan hermosa y a la vez tan inalcanzable.

Una experiencia como la que estábamos viviendo puede trastornar muchos cerebros. El mío me estaba empezando a hervir. De pronto no me importaba nada que no fuera a salir de allí con Marcia y con la profesora Berta. No me importaban nada ni el asesino, ni sus conspiraciones, ni Nicholas Cuff. Sólo quería abrazar a Marcia y volver a casa.

El terreno por el que caminábamos empezaba a ascender. Significaba que nos acercábamos hacia el valle. Íbamos saltando sobre plantas de colores extraños, para los que no hay palabra en nuestra lengua, sorteando conjuntos de los árboles más extraordinarios que yo había visto nunca. Algunos se movían. Sin viento, porque el aire estaba quieto, como esperando algo.

Tampoco se oía ningún ruido, sólo algún silbido lejano y apagado, el crujir del suelo bajo nuestros pies y nuestras fatigosas respiraciones. De vez en cuando, el terreno se volvía blando y húmedo, y era entonces más difícil avanzar. Era como pisar las entrañas podridas de algún gusano enorme. Los pies se enredaban en raíces imposibles, y, si caías, procurabas no poner las manos desnudas sobre la tierra. Resultaba asqueroso, como si la misma tierra quisiera chuparte.

La profesora Berta se había detenido. Nos señalaba hacia delante. Un pequeño bosque resplandecía ante nosotros con un color azul de mar, como si tuviera una señal luminosa en su interior que no podíamos ver de dónde procedía.

—Creo que será mejor no intentar atravesar ese bosque —dijo—. No me gusta esa luz.

—Pero no sabemos adónde llegaremos bordeándolo. Nos alejamos mucho de la dirección del valle —objeté.

—Sí, Leonardo tiene razón —intervino Marcia—. Creo que habrá que subir a uno de los árboles para ver qué camino hay que coger —dijo Marcia mirándome.

—Sí, será lo mejor. ¿Subirás tú, Leonardo? Pero hazlo con cuidado... No quiero que te caigas y te rompas algo... —dijo la profesora Berta.

Justo a la entrada del bosquecillo se levantaba un árbol considerablemente más alto que el resto. No resultaría muy difícil trepar por él, porque sus ramas se escalonaban de tal manera que había simplemente que ir subiendo de una en una para alcanzar una buena altura. Así es que empecé a trepar.

Y apenas si había empezado a hacerlo cuando una voz desconocida atronó dentro de nuestras mentes:

—¡Cuidado! ¡Son zorcastos!

Y casi al mismo tiempo, el resplandor azul que veíamos antes ascendió por encima de los árboles y, como si estuviera vivo, giró sobre sí mismo, trazó un dibujo de muerte en el aire y se abalanzó a gran velocidad sobre nosotros.

Salté desde la rama en la que me encontraba hasta el suelo. La nube azul de los zorcastos cubría toda la extensión del cielo. Era cada vez más densa. La profesora Berta, Marcia y yo nos abrazamos. Tratamos de escondernos junto al gran árbol sabiendo que iba a resultar inútil. Mi cabeza se llenaba de imágenes terroríficas, de escenas que provenían de las leyendas sobre zorcastos que todo el mundo cuenta. Los tres temblábamos. Ni siquiera nos atrevíamos a mirarnos. Sentíamos una soledad espeluznante. La soledad de quienes van a morir.

Yo aguardaba con los ojos cerrados, escuchando el zumbido atroz de aquella nube cada vez más cerca, punzándome los oídos. Sólo existían en el mundo el sonido de los zorcastos y el cuerpo tembloroso de Marcia junto al mío. En otras circunstancias, podría haber apreciado la ironía de que nuestro momento de mayor intimidad fuera también el momento de nuestra muerte.

Y entonces...

Entonces la corteza del árbol se abrió, cayó junto a nosotros como una hoja muerta en la estación de los despojos, y una voz nos apremió:

—¡Adentro!

Y los tres saltamos al interior del árbol, tan sorprendidos y asustados que hubiéramos hecho cualquier cosa. Ni siquiera sabíamos si todo aquello era real.

Estábamos en una sala muy amplia, llena de gente atareada vestida con extraños uniformes, y repleta de aparatos y maquinaria. Un hombre —supongo que quien nos había abierto la entrada— nos miraba entre indignado y atónito. Se quitó una especie de visor que le cubría los ojos y dijo:

—Ahora mismo me van a explicar ustedes qué hacían ahí fuera, en un área restringida. ¿Es que no saben que está prohibido el paso a las zonas salvajes? Resulta extremadamente peligroso... Si no llega a ser porque justo aquí está uno de los observatorios experimentales, puedo asegurarles que ahora serían una pulpa de alimentación para los zorcastos...

Aquel hombre detuvo su regañina al ver nuestro aspecto. Supongo que pareceríamos náufragos de un crucero estelar, o algo parecido. Su tono de voz se hizo más dulce y comprensivo.

—Bueno, ahora me lo explican todo, primero vamos a traerles algo caliente... Y también ropa limpia —dijo mientras miraba los restos de fango que habíamos dejado desparramados por el suelo.

Aquel hombre se alejó —el resto no nos prestaba ninguna atención— y entonces Marcia rompió a llorar. Era un llanto lento, resignado, un llanto que por eso mismo resultaba tan desconsolador. Así, súbitamente, me di cuenta de que la vida de Marcia se había desplomado en muy pocas horas. Su padre, todo esto que nos pasaba... Era mucha tensión. La profesora Berta también se daba cuenta, porque la abrazó, le apartó el pelo de los ojos y la estrechó contra su hombro.

—Estoy bien, estoy bien... —repetía Marcia mecánicamente—. Es sólo que por un momento me había resignado a morir, como si nada me importase... Es tan triste...

El hombre que nos había salvado volvió con unas blusas limpias, botas y unas infusiones con pastelillos de sésamo que agradecimos infinitamente.

—Me llamo Francis Santoro, científico especialista en comportamiento animal. Trabajamos aquí en un proyecto de conservación de hábitats específicos. Creo que hoy habéis tenido mucha suerte... —se presentó.

Mientras él hablaba, nosotros devorábamos los pastelillos y la infusión.

—Bueno, ahora que estáis mejor, ¿me podéis contar cómo habéis llegado hasta aquí? Porque, desde luego no parecéis ni furtivos ni traficantes... —dijo el señor Santoro.

—Verá, yo soy profesora de estos chicos —le explicó la profesora Berta—. Hemos venido a Zoocosmos con los alumnos del instituto. Todo era normal hasta que, en la zona de comidas, nos han atacado con rayos y hemos tenido que huir en una de las cintas de transporte... Hasta que se ha estrellado... Usted nos ha salvado cuando tratábamos de regresar a pie...

—¿Que les han atacado? Pero ¿quién? ¿Y por qué?

—Ya nos gustaría a nosotros poder responder a esas preguntas... —dije yo.

—Sí, no entendemos nada —me ayudó Marcia.

—Voy a llamar a la oficina central. Allí sabrán algo del ataque... —el señor Santoro se levantó y empezó a hablar en voz baja con uno de los hombres que trabajaba allí. Enseguida salieron juntos.

—Ojalá que a los otros no les haya pasado nada... —suspiró Marcia.

—No lo creo —dijo la profesora Berta—. Los disparos se dirigían contra nosotros. Quienquiera que haya sido quien ha intentado matarnos, no estaba interesado en nadie más. Recordad que en aquella esquina del restaurante estábamos sólo nosotros.

—¿Y por qué? ¿Por qué? —dije—. Usted debería saber algo, profesora. Creo que nos lo está ocultando.

La profesora Berta no tenía muy buen aspecto. Era joven y de pronto parecía que todo el peso del cosmos descansaba sobre sus hombros.

—Yo siempre creí que todo se iba a complicar... Se lo decía a Zúsculo... Que se diera cuenta del peligro... Pero era una oportunidad tan espléndida, podrían hacerse tantas cosas...

—¿De qué habla, profesora? Por favor, sea más clara —le suplicó Marcia.

—Hablo de las informaciones anónimas que llegaban a nuestra oficina... Hablo de los métodos de predicción, de una tecnología desconocida a la que pudimos acceder en secreto tu padre y yo, Marcia... Unos sistemas que, unidos a nuestros conocimientos sobre la complejidad, nos permitían realizar predicciones asombrosas...

Justo en ese momento, Francis Santoro y el otro hombre volvían con una Sombra de preocupación pintada en sus caras. El señor Santoro vino hacia nosotros, mientras el otro hombre empezó a discutir frenéticamente y a agitar los brazos en todas direcciones, dando órdenes a todos los que ocupaban la sala.

—Bien, me han dicho en la central que los daños allí no son muy importantes, y que no hay nadie herido, pero...

—Pero ¿qué? —dijimos los tres ansiosamente.

—Pues que quien os ha disparado, fuera quien fuera, se ha deshecho con sorprendente facilidad de los miembros de seguridad del parque, y puedo aseguraros que no son blandos precisamente. Y os ha seguido en un transbordador individual...

—Y eso significa que... —empecé a decir.

—Sí, que podría aparecer en cualquier momento. Pero no os preocupéis, esto está diseñado para resistir una carga de zardias furiosas... Aquí estamos a salvo, y además he pedido que nos manden una escuadra de guardias armados y transporte para que podáis regresar cuanto antes. Vuestros compañeros os esperan... Pensaban que estabais muertos...

Aún no había el señor Santoro terminado de explicarnos lo

rosado que se perfilaba nuestro futuro inmediato, cuando un silbido tan agudo como el canto de las damiselas al empezar la estación cálida taladró nuestros oídos, provocando que todo el mundo allí se callara.

—¿Qué diablos...? —dijo Francis.

—Señor Santoro, señor Santoro, rápido, venga a ver esto —le conminó unos de los hombres que estudiaba una pantalla.

Corrimos los cuatro hasta allí.

—Mire, señor, es muy raro... Los zorcastos...

Los cuatro miramos la pantalla. Se podía ver el pequeño bosque donde nos habían atacado los zorcastos. La nube azul que formaban había desaparecido, y ahora una luminiscencia amarillenta cubría el suelo y los troncos de los árboles.

—¡Muertos! Pero ¿cómo es posible? No hay ninguna criatura capaz de... —empezó a decir Santoro, pero no pudo terminar porque el silbido agudo que nos atormentaba cesó y fue sustituido por una explosión que arrasó la entrada a aquel laboratorio.

Y entonces lo vimos, grande como una torre, con un aire de animal anterior a las migraciones, anterior incluso a la humanidad, como un heraldo que sólo anuncia el final. Yo sólo podía fijarme en sus enormes garras, me hipnotizaban.

Unos rayos escarlata surgieron de unos aparatos del techo y acertaron a aquel ser de pesadilla. No detuvieron su avance, ni siquiera parecía notarlos. Un grupo de hombres se echó sobre él, armados con aturdidores y láseres de alta densidad. De momento, parecía que lograban pararlo, pero enseguida sus cuerpos caían desplomados junto a él, como si les hubieran chupado los órganos, como si fueran pieles huecas sin vida.

El ser se acercaba despacio, seguro de que ya no podríamos escapar. Así pues, aquél era nuestro asesino, quien había intentado matarnos. Mirarle casi hacía que añoráramos a los zorcastos.

Y lo peor de todo era morir sin saber por qué. Morir sin haber apenas vivido.

Pero alguien debía de pensar que no era nuestro último día en este universo, porque del mismo aire surgió una figura que se interpuso entre el bicho ese y nosotros. Sacó un peculiar aparato de su muñequera y dijo:

—¡Teleportación! —apuntando hacia el ser de pesadilla.

Y ese ser de pesadilla desapareció, como si nunca hubiera estado allí, aunque el rastro de cadáveres que había dejado esparcidos por toda la sala demostraba bien claramente que su paso por allí había resultado demasiado real. Yo nunca en mi vida había visto un muerto de verdad, y allí, encima de las mesas, sobre los aparatos de medición, muchos hombres habían dejado de existir en este plano. Creo que las cosas terribles que nos pasan nunca nos parecen reales, las vivimos como ficciones, porque de otro modo no resistiríamos esa experiencia. Eso me pasaba a mí. Sentía como si estuviera soñando, o todo no fuera más que una holoquinesis.

El hombre que nos había salvado guardó el aparato en su muñequera, se sacudió las mangas de la camisa, atusó ligeramente sus cabellos y dijo:

—Permítanme que me presente. Soy Nicholas Cuff, detective.

¡Nicholas Cuff en persona! Creo que no hay en toda la Confederación nadie a quien yo admire más. He seguido ardorosamente todos sus casos. Es un hombre que me recuerda tanto cómo era el mundo antes de la gran migración, el mundo como a mí me gustaría que fuera hoy. ¡Su vida debía de resultar tan excitante! Y ahora lo tenía allí, y podría contarle mis teorías sobre el asesino, quizá incluso convencerle y... No me atrevía ni a pensarlo, pero, tal vez, me dejase ayudarlo...

Sin embargo, no era aquél un momento alegre. El dulce olor de la muerte saturaba el aire de la sala. Una especie de parálisis nos mantenía inmóviles y en silencio, admirando los restos de la catástrofe, incrédulos, abatidos y exhaustos. Otra vez nos habíamos salvado en el último momento.

Allí nadie parecía saber cómo actuar. Todos los supervivientes permanecíamos estáticos, sin fuerzas, asimilando lo que acababa de suceder. Sólo Cuff tenía la energía suficiente como para tomar la iniciativa.

—Vámonos. Tengo una nave esperando fuera. Sólo la mujer y los chicos —ordenó.

—Sí, seguro, no se preocupen por nosotros. Viene un equipo de rescate —dijo Francis Santoro, mientras miraba desesperado el estado en el que estaba el laboratorio. Los cuerpos rotos de sus ayudantes se reflejaban en sus pupilas.

Nosotros, un tanto apesadumbrados y con el miedo aún pegado en nuestros huesos, seguimos a Cuff hasta la entrada.

—He venido a por vosotros. Ya no tenéis que temer nada, pero tenemos mucho que hablar... —nos iba diciendo el detective.

Al salir, vimos los árboles cubiertos con una sustancia pegajosa de color amarillo que despedía un fuerte olor a podredumbre. Anegaba el suelo y cubría por completo las ramas y troncos.

—Es lo que ha quedado de los zorcastos. No es agradable, ¿verdad? —explicaba Cuff.

Nosotros andábamos como cuerpos sin alma ni voluntad. Nuestra capacidad de asombro se había agotado. O eso creíamos hasta que vimos al palisandro.

Junto a la entrada de la nave de Cuff flotaba en el aire una esfera del tamaño de una flor de galantia, apenas mayor que la suma de dos cabezas humanas. Se diría que la sostenía el espesor del aire, o un hilo invisible que colgara de las estrellas. Tenía una espesa capa de pelo de color rosa palo todo alrededor, y no podía verse nada que se correspondiera con ningún órgano. Es decir, parecía algo vivo y al mismo tiempo un objeto imposible.

Sir Nicholas, en cuanto lo vio, nos detuvo con un gesto de su mano.

—Es un palisandro —dijo.

—¿Cómo lo sabe usted? Nadie los había visto nunca —le preguntó la señorita Berta.

—Querida señorita, soy detective, ¿recuerda? —y aquello parecía bastar como argumento, así es que los tres dimos por bien establecido que se trataba, en efecto, de un palisandro, fuera lo que fuera.

—¿Son peligrosos? —me atreví a preguntar.

Cuff no decía nada, pero muy lentamente volvía a sacar su extraño instrumento de la muñequera.

—¡Maldición! ¡Por la rosa jupiterina! ¡Se me ha acabado el último cartucho de teleportación con el Cazador! —exclamó.

Nosotros no sabíamos muy bien qué significaba eso, pero intuimos que no era nada bueno. La bola de pelo, mientras, seguía flotando frente a la nave, ajena a todos nuestros movimientos, como si no existiéramos.

—Quedaos aquí —susurró Cuff.

El detective empezó a acercarse muy despacio hacia donde flotaba el palisandro. Pude ver cómo *sir* Nicholas sacaba de uno de sus bolsillos un haz lumínico y lo encendía. Un finísimo rayo de luz verde esmeraldina, como la hoja de una espada salvaje, apareció en la mano del detective. Lentamente, con precaución infinita, *sir* Nicholas aproximó el extremo del rayo hasta casi tocar el cuerpo flotante. Apenas lo hizo, cuando aquella criatura se elevó rapidísima hacia el cielo y apareció, casi instantáneamente, a la espalda de Cuff.

—¡Cuidado, señor! ¡Detrás de usted! —le grité con todas mis fuerzas.

Pero el palisandro estaba otra vez inmóvil, flotando desdeñoso como un planeta que viajara por el cosmos sin una estrella en torno a la que girar. Cuff volvió a intentar tocarlo con su haz lumínico, y el palisandro volvió a salir disparado hacia las nubes. La situación empezaba a ser ridícula. Tras repetir varias veces la misma operación, y cuando aquello comenzaba ya a parecer un nuevo deporte, *sir* Nicholas pensó que era suficiente y nos gritó:

—Bien, venid. No parece que haya ningún peligro. Subiremos a la nave con cuidado y nos iremos.

Cuando estábamos a punto de entrar en el aerotransporte de Cuff, fue cuando lo oímos.

—Me vais a necesitar —una voz musical, suave y fina como el cabello de un hada, surgió de la espesa masa de pelo flotante.

Antes he dicho que ya nada nos asombraba. Eso era razonablemente cierto hasta que oímos que una pelota peluda de color rosa podía hablar.

—¿Ha...ha... hablado? —tartamudeó Marcia.

—Ssssí... —se atrevió a confirmar la profesora Berta.

Sir Nicholas, que tenía que demostrar el aplomo propio de quien domina una situación, por estúpida o imposible que parezca, y que era, además, detective, asumió que el asombro no podía formar parte de sus estados de ánimo y dijo, con gran tranquilidad, como quien está más que acostumbrado a hablar con rosadas pelotas con forma de melón de Júpiter:

—¿Cómo que te vamos a necesitar? En primer lugar, tendrás

que explicarnos cómo te has escapado de tu jaula... —era su instinto policial el que hablaba por boca de Cuff.

El palisandro abrió un ojo de color cereza que sobresalía ligeramente por encima del pelo que lo cubría. Aquel único ojo reflejaba que el palisandro sonreía.

—No se me puede retener —dijo, aunque por más que yo me esforzaba, no podía ver que tuviera ninguna boca. Quizá la cubría su pelo—. Y sí, me vais a necesitar... —insistió.

El detective *sir* Nicholas, el mejor cerebro de la Confederación, el hombre que había resuelto las más enrevesadas situaciones, parecía desconcertado, porque se dirigió a la profesora Berta:

—Señorita, usted es profesora, sabrá qué hay que hacer en un caso como éste. Pregúntele algo.

—¿Quién, yo? —dijo la profesora Berta—. Si no he visto un palisandro en mi vida.

—¿Eres un animal que habla? —se decidió a preguntarle Marcia.

—Eso depende de lo que consideres *animal* —le respondió el palisandro—. Y tú, ¿eres un animal que habla?

Marcia nos miraba sin saber qué responder. El palisandro tenía razón. En realidad, carecía de importancia si era o no un animal, lo verdaderamente importante era aclarar por qué lo íbamos a necesitar. Por eso le pregunté:

—Señor palisandro, ¿por qué dice que le vamos a necesitar?

El ojo del palisandro salió del cuerpo esférico, sujeto por un músculo elástico, y llegó hasta donde yo estaba, mirándome con gran curiosidad.

—Eres Leonardo, ¿no? Leonardo..., je, je, je —se rió.

—Sí, soy Leonardo —dije con cierto disgusto.

—Bueno, pues me vais a necesitar porque soy el único ser vivo capaz de rastrear un salto cronal, y situar las coordenadas correctas en menos de una fracción de microfotón... Si entendéis lo que quiero decir... —dijo con suficiencia el palisandro.

Aquella explicación tenía mucho sentido para mí. Venía a confirmar mi teoría sobre el Asesino Temporal. Pero también hizo mella en el coriáceo cerebro de Cuff; algo debían de significar para él esas razones, porque dijo de inmediato:

—De acuerdo, sube a la nave con nosotros. Tenemos que irnos.

Volvíamos a Celestia. Por fin.

XIII

VUELVE LA DAMA

UN MONSTRUO QUE TRATABA de matarnos, mi padre mezclado en un turbio asunto que no acababa de comprender, *sir* Nicholas Cuff, una esfera parlante... ¿Iba el mundo a detenerse en algún momento? Por la Diosa, sólo soy una adolescente desplazada que trata de estudiar y de interesar a un típico macho estúpido que sólo tiene espacio en su diminuto cerebro para cuestiones externas. Para los hombres no existe el mundo interior, el más rico... Ellos prefieren explorar los vacíos siderales a mirarse dentro... Y, además, no entienden lo que les rodea.

Viajábamos en una nave transportadora hacia Celestia. Leonardo, la profesora Berta y yo, ensimismados y en silencio. El palisandro, charlando incansablemente en voz baja con Nicholas Cuff. Parecían viejos amigos.

—Iremos a mi casa. Todos. Tenemos muchas cosas que poner en claro. Luego ya podréis volver a vuestras casas —nos dijo *sir* Nicholas.

Yo estaba muy intranquila, porque había notado que el detective me miraba de forma diferente a como miraba a los demás, y no sabía por qué. Prefería no pensarlo, así es que decidí dormir.

Cuando desperté, estábamos aterrizando en el puerto estelar privado de la mansión de *sir* Nicholas Cuff, en Celestia. Era uno de los palacios más conocidos del planeta, construido en estilo arquitectónico anterior a la gran migración. Tenía unos jardines realmente espectaculares, con arboledas y enormes extensiones de flores de cualquier procedencia llenando parterres, praderas y pequeñas colinas artificiales. Era como un viaje en el tiempo, o como visitar un museo.

—Entremos —dijo *sir* Nicholas—. Le diré a Néstor que nos prepare algo de cenar. Eh, palisandro, tú, tú... ¿comes? Quiero decir, si necesitas alguna clase de alimento...

—Pues sí, aunque será más por puro placer que por otra cosa. Médulas de saurio de Anthrax con salsa de ámbar muy poco hechas, por favor —dijo el palisandro.

Aquella comida asombrosa no inmutó lo más mínimo al detective. No maravillarse de nada parecía ser su divisa.

La decoración de la casa de Cuff se correspondía a la perfección con su aspecto externo. Parecía un decorado de holoquinesis.

Néstor, el mayordomo de Cuff, también seguía, por lo visto, el lema maestro de su amo, porque cuando vio un grupo tan peculiar como el nuestro invadir la casa, y escuchó la petición de comida del palisandro, no fue posible percibir en su rostro el más pequeño gesto de sorpresa o admiración. Tenía una cara de piedra aquel mayordomo.

Mientras esperábamos la cena, fuimos a sentarnos en un cenador volado desde el que se veían los tejados más altos de Celestia, el vuelo de los transbordadores y todas las puestas de sol. Allí arriba, la brisa era más fresca y los colores más puros. Parecía un lugar de paz.

—Bien, creo que hay muchas historias que contar, ¿no? Muchas historias que nos han reunido aquí a todos nosotros, un grupito bien extraño de personas. Porque supongo que no pensáis que ha sido por casualidad, ¿verdad? Las casualidades no existen, queridos —discurseó *sir* Nicholas.

—Usted sabrá, usted es el policía —dijo entonces Leonardo.

—Nada de policía; detective —gruñó Cuff—. En el siglo XIX, la última gran época de la humanidad, había detectives; en el siglo XX, había policías. Nunca lo olvides, muchacho, nunca.

—Bueno, quizá, pero en el siglo XX... —iba a decir Leonardo cuando lo interrumpió Cuff.

—Ya, ya tendremos tiempo de hablar del siglo XX, y bastante, pero no ahora. Lo mejor será empezar por la historia de la señorita Berta. Porque tiene una historia, ¿no?

La señorita Berta puso cara de asombro.

—Pues sí, la tengo. De hecho, se la estaba contando a Leonardo y a Marcia cuando aquel monstruo asesino casi nos mata —dijo la profesora.

—Magnífico, entonces. Termínela ahora, pues... —dijo el detective.

La profesora Berta nos miró con cierta resignación. *Sir* Nicholas pedía las cosas de una manera tal que era francamente difícil no obedecerle. Como si siempre supiera por qué hacía todo. Y eso era un don.

—Pues yo trabajo con don Zúsculo Gavrial...

—Un momento, un momento... —interrumpió Cuff—. Déjeme adivinar. Ese tal señor Gavrial era el padre de Marcia, ¿verdad?

—¿Cómo lo sabe? —dije asombrada, sin darme cuenta aún de lo que implicaba esa pregunta.

—Deducción, querida, deducción, simple deducción... Pero siga, siga...

—Pues bien, trabajamos en el departamento de predicciones del gobierno. Hace tiempo, nos llegó una información anónima. En ella se detallaban una serie de métodos desconocidos para nosotros que pemitían avances asombrosos en nuestro trabajo. Prometían, además, mucho más, en principio a cambio de nada. Yo desconfié desde el principio, pero Zúsculo vio un nuevo campo de investigación ante él, y no pudo resistir la tentación. Fue poco a poco entrando cada vez más en el juego de aquellos informadores desconocidos, hasta que se vio completamente atrapado. O eso sospecho. Creo que está marcado con el signo... Y sospecho también que se dedica a enviar predicciones... Ya no tiene voluntad... —la profesora Berta emitió un sollozo que me quebró el alma. ¡Mi padre, mezclado en asuntos tan turbios! ¡Él, tan amable y sencillo! Apenas podía creerlo.

—¿El signo? ¿Cómo es ese signo? —preguntó Cuff.

La profesora Berta trazó un dibujo en una de las pantallas que había sobre la mesilla flotante.

—Sí, he visto antes ese dibujo... —murmuró *sir* Nicholas.

—¡Yo también! —casi gritó Leonardo.

—Bien, entonces te toca, muchacho —Cuff se dirigió amablemente a Leonardo, invitándole a que le contara su teoría sobre todo aquel caso.

—Verá, señor, yo estaba obsesionado con todo este lío del Asesino Temporal... Tengo una teoría...

—Oh, una teoría... Bien, bien, así empiezan las grandes carreras... —dijo Cuff con cierta sorna.

—Sí, creo que el asesino pretende cambiar la historia del universo... ¡Entera! —explotó Leonardo.

—¡Vaya! Es notable... Se parece bastante a mis propias ideas... ¿Y cómo se propone ese bribón llevar a cabo un plan tan descomunal? No parece fácil... —comentó Cuff.

—Pues, cambiando algunos hechos del pasado, provoca cambios en la corriente temporal que alteran el futuro, o nuestro presente. En fin, toda la historia. Pero hay un problema: cómo saber qué hay que cambiar en el pasado para provocar el cambio que se desea y no otro completamente diferente. La respuesta es: mediante una predicción de caos. Y ahí es donde encaja la historia de la profesora Berta... —terminó Leonardo.

—Brillante, sí, brillante, no cabe ninguna duda... Sin embargo, quedan aún ciertos detalles sin explicar. Por ejemplo, ¿por qué la mayoría de los asesinatos se han producido en el siglo xx? No será porque en ese siglo, ya lo he dicho antes, no quedaban auténticos detectives... —dijo Cuff.

—Pues, señor, no había pensado mucho en eso, pero no parece tan difícil encajarlo con el resto de lo que sabemos... Yo, señor, soy un apasionado de todo lo que tiene que ver con el siglo xx, sé todo lo que se puede saber sobre esa época...

—Sí, bueno, hay gustos para todo, ya sé, en fin... Ve al grano, muchacho, y deja la propaganda, por favor —se lamentó Cuff.

—Como usted sabe, en el siglo xx se empiezan a producir los fenómenos que desembocarán en las guerras solares, que causarán la destrucción del sistema solar un par de siglos después, y también obligarán a la gran migración en busca de otros sistemas en los que la humanidad pudiera sobrevivir... Es decir, es un momento clave, una encrucijada de la historia en la que está el nacimiento del estado actual del universo... Cualquier cambio en ese siglo alteraría todo el futuro... Creo que ésa es la verdadera razón —concluyó Leonardo con brillantez. Le brillaban los ojos igual que las diminutas estrellas de luz azul que se ven en las noches equinocciales.

—Humm..., muchacho, creo que ya sé por qué la Dama me dijo que debía conocerte... Tus ideas complementan a la perfección las mías... —decía Cuff mientras Néstor entraba con grandes bandejas llenas de comida humeante.

El mayordomo colocó las bandejas sobre las mesillas flotantes y aprovechó para anunciar:

—Señor, si me lo permite, la Dama ha vuelto... —anunció con solemnidad.

Y la vimos entrar, envuelta en un velo de gasa color champán, la mujer más bella que yo había visto nunca. Era como un ser de luz, como si la energía de todas las estrellas se hubiera fundido y concentrado en crear un solo ser. Irradiaba majestad.

—Veo, Nicholas, que has encontrado a Leonardo... —dijo aquella señora con gran dulzura. Yo me preguntaba cómo era posible que una dama así conociera a Leonardo, pero por las caras que ponía él, sospecho que se estaba haciendo exactamente la misma pregunta.

—Y veo también que ya has conocido al palisandro... —continuó la Dama.

El palisandro, desde que apareció aquella señora, no había dejado de girar sobre sí mismo a gran velocidad. Su color rosa palo se volvía blanco incandescente cuando hacía eso.

—Sí, eso... —Cuff hizo una mueca extraña.

—Y está también Marcia... Hola, Marcia —aquella señora se dirigía a mí, a mí personalmente. Sentí que era una de las privilegiadas del universo, tocada por una sonrisa de los dioses.

—No le has dicho nada, ¿verdad, Nicholas? —la Dama

hablaba ahora a *sir* Nicholas. Éste miraba hacia otro lado, como si aquello le incomodara.

—No, aún no —refunfuñó.

—Querida Marcia, ven conmigo, salgamos un rato... —la Dama me miraba con unos ojos hipnotizantes y acogedores al mismo tiempo. Con ella, una sentía que absolutamente nada podía marchar mal, que no existía la desdicha.

Salimos juntas de la terraza y empezamos a pasear por uno de los jardines colgantes de la casa del detective. La Dama me cogía cariñosamente del brazo, casi literalmente me hacía volar sobre los senderos de gravilla.

—Marcia, voy a causarte un gran dolor, pero tienes que entender que hay muchas cosas en el universo que no estamos capacitados para comprender, ni siquiera para aceptar... Es duro que lo tengas que aprender tan joven, pero ése ha sido tu papel... Cuanto antes lo sepas, más fuerte serás... —la Dama hablaba con una voz que armonizaba las estrellas y los soles, pero yo temblaba como la lluvia a la que azotan los monzones.

—Marcia: tu padre ha muerto.

Aquella Dama me hablaba, pero sus palabras parecían venir de un mundo que yo no conocía. La oía, pero era como si estuviera utilizando una lengua desconocida. Pero el sentido de sus palabras era poderoso, y se abría paso lentamente, borrando telarañas en mi cerebro, hasta que llegó a su centro. Entonces explotó su mensaje: mi padre, muerto. Muerto.

—No, no puede ser, ayer estaba bien, él estaba bien... —balbuceé.

La Dama me obligó a sentarme en uno de los bancos de madera de sándalo que perfumaban los senderos del jardín.

—Ah, Marcia, es difícil, sí, lo sé. Pero tu padre estaba marcado por el signo. Eso es irreversible. Pero te lo repito: tienes un papel que jugar. Aún puedes hacer algo: puedes borrarle ese signo, puedes liberar su luz...

—¿Y volvería a vivir? —dije esperanzada.

—No, Marcia, eso es imposible. Ni siquiera los lumínicos pueden cambiar ciertas cosas... Pero puedes limpiarle...

—¿Cómo? ¿Cómo? ¿Qué tengo que hacer? —dije con ansia.

La Dama introdujo su mano como una garza debajo de su vestido y sacó una piedra que brillaba en la noche como un corazón de ciervo ensangrentado.

—Toma, cógelo. Es el Rubí de las Nieves. Sólo tú puedes usarlo, no me preguntes por qué. Tiene que ser una mujer y tienes que ser tú. Úsalo cada vez que veas el signo. Ya lo conoces, aparecerá sobre muchos cuerpos que vas a encontrar. Tienes que frotarlo despacio, mientras cantas esto...

Y la Dama empezó una canción, una canción que borraba todo, que anulaba el mundo. Era una música que no se puede repetir y que no hace falta aprender. Sólo la oí una vez y ya formaba parte de mí. Como si yo la hubiera inventado.

—Cántala mientras suavemente deslizas el rubí. Hazlo durante unos minutos, hasta que el signo se haya ido. Así lavarás los cuerpos.

Cogí aquella piedra que parecía de fuego y sangre y que estaba fría como el hielo azul de Saturno.

—Ya podemos volver, Marcia —me dijo la Dama.

Yo ya no era la misma.

Cuando regresamos a la terraza, estaban discutiendo algo sobre el asesino y no sé qué viajes en naves espaciales, pero nada más vernos se callaron todos y se volvieron a mirarnos.

—Marcia, ¿qué tal estás? *Sir* Nicholas nos ha contado lo de tu padre... Es terrible —me dijo la profesora Berta.

Leonardo se levantó a abrazarme, y también los demás.

—Estoy bien, de verdad —los tranquilicé.

La Dama se sentó en el centro y nos reunió a todos a su alrededor. Miró a Cuff y dijo:

—Nicholas, ahora tienes que ir a Wonn Xin. Llevarás a Marcia y a Leonardo contigo. Y también al palisandro. Allí averiguarás ciertas cosas. Luego vas a necesitar un módulo de Disolución Cronal...

—¿Un módulo? Sólo había un prototipo y lo robó el asesino... —dijo Cuff.

—Pues tendrás que encontrar otro... —dijo la Dama.

—Yo puedo investigar si se sabe algo de otro módulo... Tengo contactos en todos los laboratorios de investigación gubernamentales —se ofreció la señorita Berta.

—Está bien, cuando vuelva del planeta amarillo tendremos que vernos otra vez... Lo que no acabo de comprender es por qué tengo que llevar a los muchachos y a esa pelota rosada —protestó Cuff.

—A los muchachos porque yo te lo digo. A la pelota rosada porque es uno de los seres cronales, y sin su ayuda no podrás hacer nada —el tono de voz de la Dama no admitía réplica—. Y bien, creo que eso es todo. Recordad que todavía os queda lo más difícil, y como Leonardo sabe muy bien, porque es una cita de los cómics que él lee, el destino del universo está en vuestras manos.

Y la Dama se desvaneció en el aire.

LAS VOCES OSCURAS (INTERLUDIO)

El lugar: una umbría habitación oscura. Los presentes: unas Sombras.

UNA VOZ: Me han dicho que hoy viene el Cazador...

OTRA VOZ: Sí, algo he oído... Se susurra en los círculos que Cuff consiguió teleportarlo... No vendrá de muy buen humor.

UNA TERCERA VOZ: Tiene que informar sobre su misión en Celestia. Que por cierto no parece haber sido un gran éxito...

UNA VOZ: Si yo fuera tú, tendría más cuidado al expresar mis opiniones. Ya sabes lo que le pasó a Urticarius cuando el Cazador le oyó decir que no le parecía para tanto el que hubiera destruido aquel pequeño planetita... Cada vez que lo recuerdo, se me ponen las glándulas como anillos de cartago...

OTRA VOZ: Pues tampoco Él estará precisamente contento. También se ha detectado una nueva aparición de la Dama... Y grandes perturbaciones en torno a Wonn Xin.

De pronto, el aire hierve con un chisporroteo de brillantes luces azules...

ÉL: ¡Néctar!

Y, una vez satisfecha la proverbial sed del líder, aquellas Sombras empiezan su reunión.

ÉL: ¿Ha llegado el Cazador? Quiero oír su informe.

UNA VOZ: Los detectores indican que está a punto de aparecer, Su Supremidad.

Y, en efecto, un particular fenómeno lumínico anuncia que el Cazador, cuyo solo nombre provoca oleadas de pánico en cada rincón de la galaxia, está allí.

ÉL: Cazador, informa.

El Cazador saca un cilindro mercurial y se lo pasa a la Sombra que tiene más cerca para que lo lea. (Inciso: recordemos que el Cazador nunca habla; hay quien dice que lo hace para aumentar su leyenda, mientras que otros opinan que perdió los órganos fonadores en una pelea.)

UNA VOZ *(leyendo)*: «Éxito absoluto en la eliminación del predictor. Tras visita a Celestia (ver informe anterior), decidí seguir a detective Cuff a Zoocosmos. Allí vi espía vuestro devorado. Excitado por la violencia de la naturaleza salvaje, tomé decisión divertida exterminio del tal Leonardo y compañía. Además, era buena idea para mí. Menos problemas. Por mala suerte, pudieron escapar a las zonas salvajes. Los seguí. Refugiados en un laboratorio secreto, entré terminar trabajo. Casi conseguido cuando Cuff teleportó a Cazador.» No hay más, Su Excelsidad.

ÉL: Un trabajo mediocre, Cazador. Ahora hablaremos... Quiero también los informes del planeta amarillo.

OTRA VOZ: Las sondas espías han detectado perturbaciones en torno al planeta. Parece que allí va a haber algún cambio que puede afectar a nuestros planes.

ÉL: Estamos demasiado cerca... Enviad espías a Wonn Xin. Los mejores. Seguro que Cuff se dirige hacia allá. Ese bastardo... Cazador, no falles esta vez: termina para siempre con ese detective y con todos los que le acompañen. Para siempre.

El Cazador recupera su cilindro mercurial, esboza una escueta reverencia y desaparece entre fuegos de artificio.

UNA VOZ: Su Oscurísimo, se ha detectado también una nueva aparición de la Dama en Celestia...

ÉL: ¿La Dama otra vez? Bien, bien, los lumínicos están

inquietos... No deja de ser una buena señal... Ya casi lo conseguimos... Sin embargo, cada vez que Ella aparece tenemos problemas... ¿Qué clase de actividad?

UNA VOZ: Las sondas piensan que ha visitado otra vez la casa de Cuff, aunque se preocupó de borrar todas las vibraciones del subespectro, así es que no sabemos de qué pudieron hablar.

ÉL: ¡Pobre Cuff! No sabe con lo que se enfrenta. Por mucho que esta vez pueda ayudarle esa engreída iluminada, va directo a su fracaso más sonado... Ni siquiera comprende lo que se juega.

OTRA VOZ: Hay otra pequeña cosa...

ÉL: ¿Qué más? ¿Por qué no me decís todo de una vez? Siempre hay que andar dándole vueltas a todo. Y luego decís que os hago desaparecer con demasiada facilidad... ¡Por la Sombra del Gran Vacío! ¿Es que no notáis la grandeza? ¿Es que no veis vuestro papel? ¿Qué sombrajos es esa pequeña cosa?

Ninguna Sombra se decide a hablar, todas procuran disimularse en cada pliegue de aquella dimensión. Es inútil. Él las ve a todas al mismo tiempo. No pueden ocultarse a su penetración. Para demostrarlo, hace chisporrotear un instante las ondas carmesíes de su cabeza. Varias Sombras desaparecen...

ÉL: Y ahora, ¿vais ya a decirme qué es lo que pasa? Tú...

Él señala a una de las más recientes incorporaciones al Comité de Información de la Dimensión Sombría, una Sombra joven y muy capaz a la que, hasta ese momento, sus compañeros han tratado de proteger.

VOZ DE SOMBRA JOVEN: Dicen..., dicen... (*dudando*) que han encontrado a un ser cronal (*esto muy rápido*).

Él tiembla de lo alto a lo bajo. Las Sombras están paralizadas.

ÉL: ¿Un ser cronal? ¿Cuál?

UNA VOZ: Un palisandro, Su Esplendidad.

ÉL *(murmurando)*: Un palisandro... Es urgente que lo sepa el capitán Dolor, puede afectar a su misión trascendental. Aun así, ellos no tienen un módulo de Disolución... Pero más vale ser zardia que damisela... Os ordeno que deis aviso inmediato al capitán Dolor, aunque creo que no le va a dar ninguna importancia. Ese hombre no conoce la preocupación... Bien, no importa... Reunión de información en diez revoluciones del astro. Y más vale que traigáis buenas noticias... Que vengan el Cazador y el capitán.

UNA VOZ: ¿Los dos... juntos?

ÉL: Sí, ¿pasa algo?

UNA VOZ: No, no, claro que no... Ningún inconveniente, por supuesto...

Un intenso fulgor azulenco termina con la reunión.

XIV

WONN XIN

EL VIAJE HASTA EL PLANETA amarillo de Wonn Xin era largo. Navegábamos entre las estrellas en un crucero gubernamental que había conseguido *sir* Nicholas Cuff. La profesora Berta se había quedado en Celestia, tratando de conseguir información sobre los módulos experimentales de Disolución Cronal. Por lo visto, sólo utilizando uno de esos nuevos módulos sería posible atrapar al asesino.

En la nave todos dormían. Es decir, todos menos *sir* Nicholas, que pilotaba, y yo, que lo admiraba. En realidad, sólo dormía Marcia, porque del palisandro no me siento capaz de decir si duerme o no. El caso es que flotaba inmóvil en un rincón de la cabina y no decía esta onda mental me pertenece. En cuanto a Marcia... Bueno, la pobre Marcia había pasado unos momentos muy difíciles, pero no era la misma desde que había hablado a solas con aquella misteriosa Dama amiga de *sir* Nicholas. Recostada sobre el mullido sillón neumático de descanso, con los cabellos sueltos cayéndole por encima de los hombros y esa expresión de ausencia de los dormidos, esa imagen me recordaba los sufrimientos que debía de estar pasando.

Yo nunca había hecho antes un viaje interestelar tan largo como aquél. Las sensaciones eran diferentes, y también lo que veías. *Sir* Nicholas no estaba muy hablador. Supongo que estaría pensando en las sutilezas del caso que había que resolver, en sus terribles implicaciones y en lo que significaba fracasar. ¡Apenas podía creerlo! Uno de los más trascendentales asuntos en los que se había visto envuelto nunca el detective y allí estaba yo, ayudándolo...

—*Sir* Nicholas, señor... —dije.

—¿Sí, muchacho? Dime, dime... —me contestó un tanto abstraído *sir* Nicholas.

—Pues verá, se trata del Cazador. Me da un poco de miedo... ¿Cree usted que nos intentará matar otra vez? ¿Es verdad que se puede volver invisible? ¡Es que era enorme...! —a mí me tenía obsesionado aquel asesino, desde que lo vi en Zoocosmos, con la forma de la peor de mis pesadillas.

—Sí. No —dijo escuetamente el detective.

—¿Perdón? ¿Cómo sí, no? —pregunté.

—Sí, volverá a intentar matarnos. Es un mercenario, le pagan para ello. Y, además, se juega su prestigio entre los mercenarios galácticos. Si fracasa, nadie querrá volver a contratarlo, y tendría que trabajar de portero en algún tugurio de los satélites, o como guardaespaldas... Y le han contratado las Sombras... —me explicaba de forma muy poco tranquilizadora *sir* Nicholas.

—¿Las Sombras? ¿Qué son las Sombras? Aunque sospecho que no me gustará nada la respuesta... —dije.

—Las Sombras son los seres que dominan la dimensión oscura. Muchas veces han intentado influir en nuestra dimensión, pero ellas no pueden intervenir directamente, igual que nosotros no podemos acceder a su dimensión. Por eso utilizan a los pocos seres interdimensionales que existen... Uno de ellos es el Cazador...

De pronto, un extraño movimiento sacudió la nave. Temblábamos levemente, como si una mano gigantesca nos estuviera meciendo para dormirnos. Y, enseguida, un viento terrible nos hizo tambalear, casi al mismo tiempo que una Sombra increíblemente grande tapaba la luz de las estrellas.

—¿Qué es eso? —grité asustado.

Sir Nicholas Cuff se reía.

—No te preocupes. Son los caballos sidéreos. Galopan entre las galaxias. ¿Ves? Hay varios, mira qué veloces... Nos dejan atrás muy fácilmente...

—¡Pero son enormes! —me asombré, pues aquellos caballos eran varias veces más grandes que nuestra nave.

—Sí, cuando los rayos de algún sol o alguna estrella se reflejan en sus crines, en los planetas por los que pasan parece verse un cometa... Si tienes suerte, y una manada cruza delante de una estrella moribunda, todas sus largas crines se incendian y pueden iluminar una galaxia... Yo lo vi una vez... —los ojos de *sir* Nicholas tenían el brillo de los viejos fuegos, el pálido fulgor de los recuerdos... Como los míos cuando miro a Marcia dormida.

Los caballos sidéreos se alejaban velocísimos entre las silenciosas estrellas. No sé por qué, pero esa imagen me llenó de melancolía. Y yo la tristeza y la melancolía me las curo hablando.

—¿Y el no? —pregunté a *sir* Nicholas.

—El no respondía a tu segunda pregunta. El Cazador no puede volverse invisible.

—Pero es lo que se dice de él... Claro, que hasta que lo vi de verdad nunca creí que existiera. Pensaba que era un cuento.

—*Parece* que se vuelve invisible —aclaró *sir* Nicholas.

—¿Cómo?

—Algunos que han sido atacados por el Cazador y han sobrevivido cuentan que se hacía invisible y aparecía de pronto junto a ellos, o detrás, o encima, para matar a sus víctimas. De ahí la leyenda de su invisibilidad —explicaba el detective.

—¿Y qué es lo que sucedía?

—Como te he dicho, el Cazador es uno de los poquísimos seres interdimensionales que se conocen. Nadie sabe cómo ni por qué, pero el caso es que estos seres pueden saltar de dimensión a dimensión. No pueden hacerlo muy a menudo, ni tampoco muchas veces seguidas, pues se perderían para siempre en los espacios interdimensionales, no pertenecerían a ningún mundo... Lo que hace el Cazador es saltar de una dimensión a otra, avanzar de una a otra hasta aparecer justo en donde quiere. El efecto es que parece que se vuelve invisible...

—Nunca había oído que se pudiera saltar de dimensión... —reflexioné.

Sir Nicholas me miró con extrañeza y, así lo creí yo, con nostalgia. Pero no sé por qué, no sé de dónde venía aquella nostalgia. En sus ojos se veía el infinito.

—El aire está lleno de seres invisibles, Leonardo... —dijo muy despacio *sir* Nicholas, como si le costara trabajo hablar—. Tú mismo puedes estar habitado por seres de otra dimensión, o ser atravesado... Podemos coexistir sin saberlo. ¿Nunca has sentido un estremecimiento sin saber a qué se debía? ¿Nunca has creído notar que una Sombra, o algo sólido y fantasmal al mismo tiempo, cruzaba por tu cuerpo? Eso eran los seres invisibles...

Sir Nicholas se estaba poniendo triste. Quizá la conversación le traía recuerdos de otra vida, o quizá simplemente la frialdad del cosmos delante de nosotros, el frío brillo de sus astros, las siluetas de los seres que no podíamos ver, todo eso se amontonaba en su mente como un peso del que era difícil librarse.

Traté de cambiar de conversación, pues antes prefería al Cuff arrogante que al melancólico.

—Lo que no entiendo de usted, señor, es por qué prefiere el siglo XIX, que es polvoriento e incómodo, sin música buena, al estupendo siglo XX... Por ejemplo, en el siglo XIX no existían los Beatles... —dije con gran atrevimiento.

—¿Quién has dicho? —me preguntó el detective.

—Los Beatles, no me puedo creer que no los conozca... Yo tengo todas sus grabaciones... Bueno, al menos todas las que se han conservado.

—Sí, muy bien, pero ¿qué hacían?

—Cantar, señor. Es decir, procuraban descubrir la auténtica estructura del mundo. Eran casi como los físicos de la materia... Pero en aquella época, ya sabe, la ciencia estaba increíblemente atrasada... Hasta creían poder explicar las cosas. Creían que existían *causas*... —no sé si estaba consiguiendo animar algo a *sir* Nicholas. La verdad es que no me hacía mucho caso. Sólo le preocupaba pilotar la nave. Pero es lógico, yo sólo tenía dieciséis años, ¿qué podía yo decir que interesara a alguien como él? Aunque no conocer a los Beatles...

Miré a través de los grandes visores hacia el exterior. Y entonces sentí en mí un vacío que era imposible llenar. La contemplación de la inmensidad puede tener ese efecto en las personas. Nos lo explicaban en el instituto, en las clases de preparación a los viajes interestelares. Entonces vi un hilo de plata que cruzó delante de nosotros, hizo una cabriola imposible y desapareció tan rápido y silencioso como había aparecido.

—¿Qué era? —pregunté.

—Era el Viajero de Plata, el Inmortal. Si viajas mucho, siempre te lo encuentras. Cruza el cosmos montado en una tabla voladora que en realidad es parte de él, no es un instrumento, ni una máquina. Sólo viaja para ver, para mirar... —me explicó *sir* Nicholas.

Los indicadores de los holomapas de la nave señalaban que nos aproximábamos a Wonn Xin. Un balón amarillo en mitad de un vacío desierto de estrellas, eso era Wonn Xin. Su único sol era más pequeño que el propio planeta, pero estaba tan cerca que bastaba para poder vivir en él. Un solo sol y un solo planeta. Era un sistema bien extraño.

Había que ir despertando a Marcia.

Wonn Xin era un planeta gigantesco. Lo sobrevolábamos a baja altura, y grandes ciudades llenas de pagodas, con estatuas enormes de dragones en los tejados y jardines llenos de lagos y puentes, se dibujaban debajo de nosotros.

—Tengo un amigo en New Shanghai que seguramente sabrá algo de esa maldita profecía. Él nos ayudará —dijo *sir* Nicholas.

—¿New Shanghai? —pregunté intrigado.

—Es una de las ciudades más importantes de Wonn Xin. Un laberinto imposible de conocer del todo, pero un lugar interesante, en cualquier caso... —me contestó *sir* Nicholas.

La nave se dirigía hacia esa ciudad con nombre de cuento de niños. Marcia se acababa de despertar.

—El mar brilla como los anillos de mi madre —dijo mientras miraba por una de las ventanillas.

Estábamos volando sobre el mar, un mar de un color muy claro que brillaba iluminado por los intensos rayos de sol de la mañana de Wonn Xin.

En el horizonte empezó a vislumbrarse algo que parecía la silueta de una cordillera.

—¡New Shanghai! —exclamó *sir* Nicholas.

—¿El signo de Feng? —preguntó el amigo de *sir* Nicholas.

Estábamos en una tienda de objetos tradicionales chinos —cajitas de bálsamo de tigre, armarios lacados minúsculos y llenos de cajoncitos, estatuas de jade—, tan abarrotada de cosas que era francamente difícil moverse o encontrar dónde sentarse. Pero el amigo chino de *sir* Nicholas se las apañó para traer unos taburetes y unos vasos de té.

—Sí, el signo de Feng —sir Nicholas le mostró un dibujo.

El amigo chino de *sir* Nicholas palideció de forma atroz cuando vio el signo. El vaso de té que sostenía se le cayó de la mano y estalló en miles de vidriosos planetitas húmedos.

—¡Szu! ¡Szu! ¡La plofecía! —gritó aterrado el oriental.

—¿Szu? ¿Qué diablos significa eso? No tengo tiempo ahora de aprender chino —dijo *sir* Nicholas algo irritado.

—Szu significa la muelte, el fin de todo. Yo no puedo ayudalte. Debelías hablal con Wang. Él sí sabe, Wang —dijo muy nervioso el amigo de *sir* Nicholas.

—¿Wang? No lo conozco, ¿dónde podemos encontrarle? —preguntó *sir* Nicholas.

—Vive en Po-shan, la isla de los inmoltales, en Po-shan. Debes il allí.

—¿Y dónde está esa isla? Nunca había oído ese nombre —dijo *sir* Nicholas.

—Clalo, nadie sabe dónde está. Es un lugal secleto y saglado.

—¿Y cómo diantres vamos entonces a encontrar a ese Wang? —gritó *sir* Nicholas.

El amigo de sir Nicholas estaba aún más asustado que nosotros. No parecía que fuera a resultar de gran ayuda, el pobre. Y entonces el palisandro, que hasta ese momento se había limitado a hacerse pasar por un objeto inanimado, empezó a brillar, a girar, y a hablar:

—Yo puedo encontrarlo. Lo puedo rastrear, sólo necesito ver algo que haya estado alguna vez en contacto con él.

Aquel individuo de piel ambarina («aquí todos parecen tener sueño y padecer del hígado», bromeaba yo con Marcia) pasaba del miedo a la sorpresa con facilidad excesiva. Creo que no le iba a resultar en absoluto fácil olvidar nuestra visita.

—¡Es un clonal! —gritó lleno de asombro y fascinación.

—Sí, es un ser cronal, ¿y qué? ¿Tienes algo que haya pertenecido alguna vez a ese tal Wang? —*sir* Nicholas estaba cada vez más enfadado.

—Humm, sí, cleo que sí. Un viejo pelgamino, caliglafía auténtica de Wang Hsi-chih.

—¡Pues tráelo, rápido! —ordenó *sir* Nicholas.

El oriental desapareció detrás de una pantalla de biombos de papel de arroz decorada con dibujos de paisajes agrestes y volvió enseguida con un montón de legajos atados con una cinta de seda azul.

—Éstos son —dijo.

El palisandro se acercó flotando hasta ellos, sacó su siempre sorprendente ojo móvil, los examinó atentamente durante un instante y dijo:

—Ya es suficiente. Podemos irnos.

Para llegar a esa isla, Po-shan, tuvimos que salvar una muralla infinita, recorrer varios mares y volar por encima de montañas tan altas que estoy seguro de que su perfil podría verse desde el espacio. Pero llegamos, al fin.

Era una isla muy hermosa, adornada por suaves colinas llenas de tamarindos. El palisandro nos condujo hasta una casa de madera de bambú que, desde una ladera montañosa, dominaba un valle recorrido amablemente por un río.

No hizo falta llamar a la puerta. Salió un individuo de edad difícil de precisar, que, nada más vernos, dijo:

—Canta el celestial Bai Juyi: «Pocos visitantes atlaviesan esta puelta» —y nos sonrió.

—¿Por qué aquí nadie pronuncia la erre? —le susurré a Marcia al oído, pero no supo contestarme.

—Venimos a buscarle porque necesitamos su ayuda —le informó *sir* Nicholas.

—Lo sé, lo sé. Pasen, pol favol. Son ustedes mis huéspedes, y son saglados.

Así, entramos en aquella casa. Yo nunca había visto un edificio construido en madera. En Celestia, los árboles están severamente protegidos, no puede construirse nada con madera. Y lo cierto es que resultaba de lo más tranquilizador, similar a como imagino que resultaría vivir en el medio de un bosque.

—Verá, necesitamos saber... —comenzó *sir* Nicholas, pero Wang no le dejó terminar.

—Sí, sabel es bueno, pelo antes, como dice el viejo maestlo, Lao Tse, «el sabio atiende a su estómago». Y, como celebla Han Yü, «si ahola tienes vino, debes bebelo» —dijo Wang sin dejar de sonreír.

Disfrutamos entonces de unos deliciosos bocados llamados *dim-sum*, y de un embriagador vino de arroz. Sólo entonces admitió Wang que le habláramos de lo que queríamos de él.

—Verá, señor, ha aparecido el signo de Feng, szu, y sabemos que hay una profecía. Alguien nos ha dicho que usted podría ayudarnos con esto —explicó rápidamente *sir* Nicholas.

Wang estaba pensativo.

—Así es que ha llegado el momento. Bien, tenía que pasal.

—¿Qué es esa profecía? —pregunté yo.

—Se tlata de un viejísimo pelgamino que contiene los flagmentos de un glan poema. Ahí se habla del signo de Feng, szu, como dice el caballelo con impecable acento. «El signo se tlazalá en el cielo, conquistalá las estlellas y Feng, el dlagón, devolalá el univelso.» Así dice el poema.

—Pero ¿qué se anuncia exactamente? —preguntó *sir* Nicholas.

—El fin de todo, clalo. Y hay otlo velso: «El impelio celeste acabalá sin habel nunca sido». Todo el mundo pensó a lo lalgo de la histolia que se lefelía ahí a China, pelo no. Se habla de Celestia, se habla de la Confedelación.

—¿Destruir la Confederación? ¿Destruir Celestia? Pero ¿para qué? —pregunté.

—Somos el único obstáculo para la dimensión de las Sombras, claro. Creo que ya lo entiendo —musitó *sir* Nicholas.

—Sí, así dice la vieja plofecía.

—¿Y qué tenemos que hacer? —preguntó *sir* Nicholas.

—Nada —contestó Wang.

—¿Cómo nada?

—Sí, el sabio no hace.

Este Wang resultaba ciertamente enigmático.

—Dice Lao Tse, el viejo y divino maestlo, que hay que «hablal poco y seguil la natulaleza».

—¿Y eso qué demonios significa? —preguntó impaciente *sir* Nicholas.

—Significa que voy con ustedes. Tendlemos que limpial los signos que apalecelán... —dijo Wang mientras miraba intensamente a Marcia.

—Un momento... ¿Cómo que vendrá con nosotros? —preguntó *sir* Nicholas.

—Necesitaléis Consejo, aunque a veces os palezca inútil.

Y entonces Wang miró otra vez a Marcia y le dijo:

—Señolita, recuelde siemple lo que dice el divino maestlo Lao Tse: «La hembla, pol su quietud, siemple vence al macho».

No parecía que fuera posible llevar la contraria a Wang. *Sir* Nicholas, además, murmuró algo sobre lo que nos aconsejó la Dama, y aceptó que Wang viniera con nosotros. En la nave había sitio de sobra.

Volvíamos a Celestia. Pero íbamos a necesitar un módulo de Disolución Cronal para poder detener al asesino.

XV

BERTA LA LADRONA

BERTA Y PABLO SE HABÍAN quedado solos. *Sir* Nicholas había partido con los chicos y con el palisandro, y la Dama, una de sus especialidades, se había desvanecido, como si su cuerpo formara parte del aire.

—No será fácil conseguir uno de esos módulos... Suponiendo que exista alguno. Se trataba de un asunto de extremo secreto —dijo la profesora Berta.

—Entre los pilotos corrían ciertos rumores... Se decía que había dos modelos, uno experimental para un solo tripulante.... —decía Pablo.

—Sí, el que robaron... —le interrumpió Berta.

—Exacto. Pero había también otro modelo, más grande, con capacidad para que viajara en él todo un equipo de investigación... Un modelo que necesitaba al menos dos pilotos.. Ése era el rumor —terminó Pablo.

—Pues tendremos que averiguar si es o no cierto... Iremos al Centro de Investigación Temporal, allí conozco a un amigo que tal vez pueda ayudarnos —dijo Berta.

El Centro de Investigación Temporal era uno de los más importantes institutos de experimentación de Celestia. El acceso era prácticamente imposible para cualquiera que no tuviera un pase del gobierno. La profesora Berta, como miembro investigador del Departamento de Predicciones, poseía uno. Así pues, la entrada al edificio sería sencilla. Lo difícil era averiguar si realmente existía el prototipo y dónde estaba. Eso, por no hablar del modo de conseguirlo.

—Seguro que no nos dicen «sí, por supuesto, señor, lléveselo usted, faltaría más» —bromeaba Pablo mientras circulaban por una de las cintas de transporte aéreo.

—No seas pesimista, querido. Y nunca menosprecies el poder de convencimiento de una mujer —le contestó Berta.

—¡Berta! —se alarmó Pablo.

—No sé por qué te pones así, está en juego el destino del universo, ya oíste lo que dijo la Dama... No es momento de ponerse egoísta —coqueteaba la profesora Berta.

—Hay momentos en los que te estrangularía, Berta querida...

Pero Pablo siempre se lo pensaba mejor y acaba besándola después de agarrarla por la garganta.

La cintura de transporte los dejó en la puerta del Centro de Investigación. La profesora Berta mostró su pase al acceso electrónico de reconocimiento y preguntó por el doctor Héctor Mabuse, su amigo. En pocos minutos, ella y Pablo estaban sentados ante unas tazas de café de Aralia con esencia de caña, en el despacho de Héctor Mabuse.

—Bueno, Berta, me alegro mucho de verte. Hacía tiempo que no venías por aquí. ¿Qué tal te van las cosas en el Centro de Predicciones? Tengo entendido que tenéis tanto lío como nosotros con todo este asunto del Asesino Temporal... —el doctor Mabuse tenía un fuerte acento del cuadrante de los Hielos. Marcaba mucho las erres al hablar, y ocultaba sus labios tras un espeso bigote.

—Pues sí, Héctor. Aunque lo cierto es que vosotros tenéis toda la culpa de lo que pasa —dijo Berta.

—¡Y tanto! Ya has visto que el edificio está completamente ocupado por fuerzas de la CGI. Aquí ya no se puede trabajar tranquilo. Y menos mal que parece que *sir* Nicholas Cuff está encargándose del caso... A ver si se resuelve pronto, ya no podemos aguantar este ambiente tan opresivo mucho más... Si las cosas siguen así, yo me vuelvo a los Hielos —dijo Héctor Mabuse.

—En realidad, hemos venido a verle por eso precisamente —dijo Pablo.

—¿A mí? ¿Y qué tenéis vosotros que ver con esto?

—Verás, Héctor, Pablo y yo estamos trabajando con Nicholas Cuff. El caso es que esto del asesino es mucho más serio de lo que pretenden hacernos creer... —intervino Berta.

—Sí, quizá tengas razón, pero aun así no veo qué tiene que ver conmigo... —la interrumpió Héctor, al que aquella conversación empezaba a resultarle demasiado inquietante.

—Déjame terminar. Creemos que hay un segundo módulo de Disolución Cronal, y queremos averiguar dónde está.

—No, Berta, espera, eso es alto secreto, yo no puedo decirte nada, ya lo sabes...

—No sería nada oficial, claro. Se lo estamos pidiendo como amigos... Nadie sabrá nunca que hemos hablado con usted —dijo Pablo.

—¡Pero estáis locos! Aquí no se puede decir nada que no sea registrado inmediatamente. La seguridad es extrema...

—¡Pues salgamos de aquí! —dijo la profesora Berta.

Héctor Mabuse no contestó. Había comprendido que Berta no se iría de allí sin obtener la información que buscaba. La conocía desde hacía años, tantos como para saber que se podía confiar en ella... Además, cuanto menos durara aquella entrevista, más seguros estarían todos. Miró a su alrededor y les señaló unos detectores con aspecto de antenas de mantis azules, indicándoles que se callaran. Cogió entonces un grafóctico y escribió algo sobre una pantalla de bolsillo, y se lo entregó a Berta.

—Lamento no poder ayudarte, Berta, pero ya sabes que puedes venir a verme cuando quieras... Incluso te dejo que me invites a cenar, conozco un excelente restaurante dareliano —dijo el doctor Mabuse.

—Tal vez otro día, Héctor, tenemos que irnos —se despidió Berta.

—Encantado, doctor Mabuse —dijo Pablo, dándole la mano.

Y los dos salieron del despacho, Pablo rezongando «conozco un restaurante de comida dareliana, Berta», y Berta empujándole para que se callara.

En la pantalla, el doctor Mabuse había anotado una dirección y una combinación de números y letras que parecía una clave.

—Conozco ese lugar. Es un complejo de hangares de naves de carga interestelar. De entrada muy restringida —comentó Pablo.

—¿Y estos números y letras? ¿Qué serán?

—Quizá una clave de acceso al hangar, o el número de identificación del módulo... Sea lo que sea, seguro que si encontramos esa nave sabremos para qué sirve —dijo Pablo.

Decidieron esperar a que se hiciera de noche para intentar entrar en el hangar. Iba a ser una de esa noches lácteas de Celestia, en la que las estrellas se iluminan por la confluencia de varias lunas y comunican al espacio esa luz blanquecina de fantasma que baña de irrealidad cuanto sucede.

—No sé si esta noche tan clara nos conviene —decía Pablo mientras se deslizaban junto a una de las paredes del hangar.

—Nos da igual, ellos tendrán detectores de infrarrojos, detectores de calor, detectores de sonido, de ondas de espectro, en fin, de todo, así es que, qué más da... La claridad sólo puede beneficiarnos a nosotros —explicaba Berta.

—Gracias por los ánimos, querida... Eres única para hacer ver que las cosas son fáciles —contestó Pablo.

Pero Berta tenía razón. Junto al hangar estaban aparcados varios vehículos de la CGI, más algunos de la policía celeste, lo que indicaba que la vigilancia era muy rigurosa.

—No se preocupan de disimular que ahí se guarda algo importante —ironizó Pablo.

—Pero tenemos un arma secreta... —dijo de pronto Berta.

—¿Un arma secreta? ¿Nosotros? ¿Qué clase de arma?

La profesora Berta sacó entonces de uno de sus bolsillos un pequeño aparato que Pablo había ya visto antes en manos de *sir* Nicholas Cuff.

—¿De dónde has sacado eso? —preguntó.

—Me lo dio *sir* Nicholas antes de irse. Pensó que nos sería útil —explicó Berta.

—¿Y qué demonios es? Ya se lo había visto antes a Cuff, pero no sé para qué sirve.

—Es un teletransportador... Así lo llamaba *sir* Nicholas. Me explicó cómo funcionaba. Hay que ajustar con estos botones unos parámetros espaciales, y luego introducir un código... Él podía activarlo con la voz, pero sólo reconoce su longitud de onda.

—Bien, déjame a mí que ajuste los parámetros. Es sencillo de calcular para un piloto.

Pablo empezó a teclear en el teletransportador unas series de dígitos.

—Bien, ya está, ahora tienes tú que introducir el código para que este trasto funcione —dijo Pablo entregándole el aparato a Berta.

La profesora Berta lo hizo, y los dos, de pronto, fueron tragados por las Sombras, como dos nuevos fantasmas que poblaran la noche celeste.

Aparecieron instantáneamente dentro de una nave extraña.

—Nunca he visto unos controles como éstos —dijo Pablo.

—¿Será el módulo? —preguntó Berta.

Y antes de que Pablo pudiera contestar, un estallido de luz iluminó el hangar, al mismo tiempo que una estridente sirena advertía a los vigilantes de que una presencia no autorizada se había introducido en la nave.

—¡Nos han descubierto! —gritó Berta.

—¡Mierda! Hay que activar estos mandos...

Pablo estudiaba frenéticamente aquellos controles.

—¡Date prisa! El hangar se está llenando de miembros de la CGI y no parecen venir a saludarnos amistosamente —le urgía la profesora Berta.

—Veamos, creo que esto es el encendido...

La nave empezó a ronronear muy suavemente, como si alguien la hubiera despertado después de dormir durante años.

—¿Y ahora qué? No podemos salir volando, nos estrellaríamos —dijo Berta.

—Sí, ya lo sé... Sólo hay una cosa que podamos hacer... Dar un salto temporal, pero no lo he hecho nunca, al menos con una nave como ésta. Sin embargo, creo que el principio de actuación es similar a los de las naves que piloto.

—¿No será usando esa pantalla? —Berta señalaba una pequeña abertura que se veía encima del control de encendido.

—Sí, puede ser, probaré a teclear un código temporal... Digamos, dentro de una hora. Pero hay que añadir también unas coordenadas espaciales, de otro modo no nos habríamos movido de este hangar...

—Yo conozco un sitio lo suficientemente alejado y solitario para que nos encuentren... Allí podemos ocultar el módulo hasta que regresen Cuff y los chicos —la profesora Berta introdujo entonces las coordenadas espaciales y se dispuso a oprimir el botón de salto.

—No, espera, mejor llevémoslo a casa de Cuff. Tiene un puerto espacial y allí no se atreverá a entrar ni siquiera la CGI —opinó Pablo.

—Muy bien. Quizá sea lo mejor —admitió la profesora Berta al mismo tiempo que cambiaba las coordenadas.

—Allá vamos —dijo Pablo.

Y el módulo rasgó el misterio del tiempo y los secretos del espacio, abandonando el hangar, como si nunca hubiera estado allí.

La profesora Berta y Pablo sintieron que su cuerpo se deshacía molécula a molécula.

XVI

AUSTRIA, 1901

«¡EL DANUBIO!», EXCLAMÓ con admiración el capitán Heriberto Heliogábalus Dolor al contemplar la línea de agua increíblemente azul que partía en dos el paisaje. Su nave modular aparecía lentamente de entre las nubes, con la dulzura con la que flotan los cisnes en los lagos. Todo estaba inmóvil en el cielo: una bandada de golondrinas, una cometa con forma trapezoidal que arrastraba una cola similar a la cabellera de Casiopea, el paso de las nubes... Como suspendido en el aire, sujetado por hilos invisibles. Es decir, todo menos la nave cronal del capitán Dolor.

Y era así porque el tiempo no se había puesto aún en marcha. El módulo de Disolución Cronal funcionaba viajando por fuera del tiempo y, hasta que no dejara de funcionar su anulador de la corriente temporal, en ninguno de los seres hechos de su sustancia —los hombres, claro, pero también los colores, los animales y la energía psíquica— se podría observar el menor movimiento. Heriberto Heliogábalus lo llamaba la «congelación acronal similar a la muerte», demostrando una vez más que su tendencia a la filosofía lírica era parte inseparable de su personalidad.

La señal del calendario de la nave de Dolor indicaba

la fecha del 28 de junio de 1901, a primera hora de la mañana. De hecho, apenas hacía unos minutos que había amanecido. El capitán manejaba con extraordinaria habilidad su nave, a la que hizo aterrizar majestuosamente en un pequeño claro que relucía como una piedra preciosa entre un grupo de álamos, junto al río. Cuando terminó la maniobra y activó su simulador de época (un invento que, por cierto, le encantaba: permitía, con sólo un pensamiento, que la apariencia de quien lo usaba se ajustara a la moda de vestido del siglo, incluso de la década, deseada; tremendamente útil para el trabajo de Dolor), camufló convenientemente la nave en una burbuja temporal, y se dispuso a cumplir con su misión.

El capitán Heriberto Dolor sacó de su agenda la hoja en la que tenía apuntado el orden de sus trabajos. «¡Vaya!», exclamó. «Esta vez se trata de un niño. ¡Qué interesante!», pues al capitán Heliogábalus Dolor no le impresionaba tener que transvasar al otro mundo a niños, ancianos o mujeres. Él pensaba que a cada uno le alcanza inevitablemente su destino, sin que importara lo más mínimo la edad, el sexo ni la religión. Y, además, no dejaba de ser un honor del que no podía disfrutar la mayoría de los mortales el ser llevado por el capitán Heriberto Heliogábalus Dolor, la gloria de las galaxias.

El capitán activó su localizador genético. Una brillante luz dorada empezó a parpadear en la diminuta pantalla, indicando que el objetivo no se encontraba muy lejos. «Magnífico, quizá pueda terminar esto rápido y tenga tiempo para un pequeño salto a Nueva York. ¡Hamburguesas y Rita! ¡La combinación perfecta! He leído que en este país la comida es particularmente aborrecible...», iba pensando el capitán, mientras trataba de armonizar sus deseos con sus obligaciones.

Se dirigía hacia la muy industrial ciudad de Linz, en el norte de Austria. Como aquel paisaje y el olor del aire tenían algo de exótico para el capitán, decidió que caminaría hasta la ciudad. El localizador señalaba apenas un par de kilómetros de distancia con el objetivo, y un poco de ejercicio antes del trabajo ayuda a la circulación de los líquidos linfáticos. Al menos, eso le habían dicho siempre en la escuela, en su Antoyl natal. Claro que el profesor que se lo dijo nunca supo qué fue lo que le había arrancado tan violentamente el cerebro de cuajo, todo había sido demasiado rápido. «Tal vez tenía que haberle preguntado primero...», iba reflexionando el capitán Dolor, que a veces se dejaba llevar por sus recuerdos de infancia con excesiva facilidad. «A lo mejor, ahora comprendería algunas cosas que se me escapan... No era tan mal profesor, después de todo... Simplemente, le alcanzó su destino... Igual que las estrellas tienen su camino trazado, igual son las vidas de los hombres...» En verdad que resulta un raro privilegio poder asistir a los pensamientos de alguien como el capitán Dolor. Sus ideas a veces parecen no concordar con sus actos, pero quizá si lo meditamos un poco más despacio nos demos cuenta de que la distancia entre el mundo interior de Heriberto y su transcurrir en la vida de los objetos y de los hombres no sea tan grande como imaginamos. Simplemente, no era una persona demasiado compleja, eso es todo.

«Debería ir preparando el informe, luego me dará más pereza tener que escribirlo todo seguido...», pensaba nuestro inefable capitán. «Pero ¡qué diablos!, lo grabaré mientras se lo cuento todo a Rita en el McPato, ella siempre se ríe mucho con estas historias. Dice que tengo una imaginación... Dice que debería escribir novelas de ciencia ficción... ¿Qué será la ciencia ficción? Parece un nombre algo contradictorio...»

Ya se vislumbraban las primeras calles de Linz, así que Dolor interrumpió sus pensamientos. Todo su ser se concentraba ahora en su misión. Volvió a mirar el localizador. La palpitante señal dorada indicaba que el objetivo estaba a menos de un kilómetro. «¡Bah!, tengo tiempo de tomar un café vienés...», pensó Dolor mientras se reía abiertamente del chiste involuntario que acaba de hacer. «¡Tengo tiempo! ¡Ja, ja, ja! ¡Qué bueno!», y, secándose las lágrimas, entró en un establecimiento cercano del que salía un aroma difícil de confundir con ningún otro.

«Adolfo, hijo, ¡ten cuidado con los carros! Son muy peligrosos, prométeme que mirarás antes de cruzar la calle.» La que grita es una señora a la que, según un criterio contemporáneo, le sobraban demasiados kilos y le faltaba delicadeza. A quien grita es a un muchacho de doce años que ni siquiera la mira, y aprovecha esa ventaja —el estar de espaldas— para hacer una mueca de burla salvaje y desconsiderada. A fin de cuentas, se trata de su madre. Adolfo es un niño difícil y exaltado. Su madre las pasa canutas para que estudie, para que la ayude en casa, para que piense en el futuro. Adolfito sólo piensa en jugar en la vía del tren y en mundos imaginarios. ¿Cuál será su destino?

Adolfo va a la escuela y siempre toma el camino más largo. Aprovecha para pasar junto al río, en una vereda donde él sabe que hay sapos enormes en una charca hedionda. Le encanta reventarlos a pedradas, el sonido sordo y húmedo que producen sus barrigas cuando la piedra cae sobre ellas y las esparce por el camino. Cree que esa imagen le ayuda a soportar el largo día de escuela. Aunque a veces muestra cierta piedad, y se lleva un sapo vivo al colegio. Piedad con el sapo, pero cierta crueldad con su maestra, porque le echa el sapo dentro de su bolso. La maestra nunca dice nada porque Adolfito le da mucho miedo. Ha visto en sus ojos un brillo que sólo ha visto antes en algunas pesadillas provocadas por ciertos sermones de iglesia.

Adolfo es un niño bastante guapo, tan moreno que es como una señal de distinción entre sus compañeros, todos rubios como la cerveza que beben sus padres abundantemente. A él, sin embargo, eso le produce cierto resquemor. No el ser diferente, sino el ser moreno, aunque todavía no entiende muy bien por qué.

Ese día había algo extraño en el cielo y Adolfo no se daba cuenta. Iba pateando piedrecitas por el polvoriento sendero, imaginando que eran cabezas de seres minúsculos cuyos gritos sordos de piedad llegaban inútilmente a sus oídos, cuando un altísimo personaje le salió al paso al doblar una curva.

Adolfo nunca tenía miedo, ni siquiera de su padre, pero aquel individuo tenía algo que no era de este mundo. Un escalofrío involuntario reptó como una serpiente por la espalda de Adolfito.

—¿Quién..., quién es usted? —dijo con voz temblorosa y aflautada.

El individuo aquel sonrió amablemente, lo que no tranquilizó lo más mínimo al niño, que empezaba a notar algo raro en el color del cielo.

—Soy el destino, niño, soy el destino...

El capitán Dolor sujetó al niño por el cuello y lo levantó como quien sostiene a un inquieto lagarto de las nieves. Adolfo sintió que no podía respirar. Quiso gritar, pero aquella mano le aferraba tan fuertemente la garganta que le resultaba imposible. Pensó por un momento que ya nunca volvería a la escuela.

—Recuerda esto, chaval, eres llevado por el capitán Dolor...

Y Heriberto Heliogábalus alzó la mano que le quedaba libre y la hundió en el pecho de Adolfo, atravesándolo como si fuera gelatina, hasta encontrar el órgano espasmódico y ensangrentado al que los hombres llaman corazón. Lo arrancó sin esfuerzo de su hueco. Al sacarlo, se lo mostró al último brillo de los ojos de Adolfo, que pudo ver antes de morir que el corazón de un niño puede ser más oscuro de lo que él hubiera sospechado nunca.

Heriberto Heliogábalus Dolor arrojó el órgano al río y depositó el cuerpo suavemente en el suelo. Sacó de algún bolsillo invisible de su indumentaria el instrumento de grabar la marca y lo encendió. El pecho del niño le resultaba inútil como pergamino, porque había dejado un agujero demasiado grande allí, así es que decidió imprimir la marca sobre la frente. Aplicó el luminoso instrumento y en un instante estaba allí, absolutamente indeleble, la figura de la profecía.

El capitán Heriberto Dolor dedicó un brevísimo instante a meditar sobre el destino, guardó su instrumento, miró lentamente a las nubes pasajeras, tan blancas como de costumbre, y partió sin darse cuenta de que, a su espalda, un silencioso resplandor escarlata iluminaba con parsimonia un grupito de arces y abetos que adornaba una colina cercana.

XVII

Un monstruo asesinado

DESDE QUE HABÍAMOS REGRESADO del planeta amarillo, parecía que el tiempo se aceleraba a veces, para luego detenerse, como cansado de sus carreras. Habíamos logrado traer a Wang con nosotros, y la profesora Berta y Pablo habían conseguido un módulo de Disolución Cronal. Eso significaba que las cosas marchaban bien, que íbamos por el buen camino. Y, sin embargo, ahora no sabíamos cómo seguir. Sólo podíamos aguardar el siguiente paso del asesino. Y por eso creíamos sentir que ahora el tiempo transcurría con mayor lentitud.

Esperar algo sin saber bien lo que es y sin saber siquiera cuánto tiempo va a tardar en suceder es una de las cosas más aburridas que pueden pasarle a nadie. Estábamos en la casa de *sir* Nicholas Cuff, aguardando. No es que fuera un mal lugar para hacerlo, la casa estaba llena de objetos estrambóticos, algunos antiquísimos, anteriores a los Beatles incluso, y cada uno de ellos contaba una historia misteriosa. *Sir* Nicholas me había explicado que solía coleccionar objetos que se relacionaran con los casos que resolvía, y por eso su casa parecía un museo. A mí me gustaban especialmente un rinoceronte de ónice que tenía una pata rota («tuvimos un ligero accidente en el viaje de vuelta», me explicó Cuff) y una lámpara africana con una tela de colores difíciles de describir. Yo había llevado a Marcia a que admirara conmigo aquellos objetos posiblemente mágicos, le enseñaba las luces que reflejaban en las paredes y los mundos posibles que me imaginaba al verlos. Marcia me sonreía y se dejaba llevar.

El resto también pasaba el tiempo como mejor podía. La profesora Berta y Pablo paseaban entre las flores del jardín, Cuff y Wang practicaban un antiguo juego chino en el que se utilizaban guijarros de río, y el palisandro flotaba entre todos, a veces muy alto, a veces en silencio, a veces curioso y hablador. Ahora se dirigía hacia el lugar donde Marcia y yo estábamos contemplando un sable persa de mango incrustado de pedrería y hoja que cortaba con mirarla.

—Esa hoja ha cortado muchas cabezas, esa hoja ensangrentó la alfombra de seda de la alcoba de la princesa de Marsalia, el día en que su marido la sorprendió con un mozo extranjero en su lecho, y cortó también la mano del general Raschid cuando perdió la batalla del Desierto Azul, en la que cayó la ciudad sagrada de Ishtadán, esa hoja...

—¡Para, para! —le grité al palisandro. Cuando empezaba a hablar, y nunca se sabía cuándo iba a suceder eso, era verdaderamente difícil detenerlo, enlazaba historia tras historia y no había manera de seguirle; podía resultar incluso agobiante.

—¿Cómo sabes todo eso? Parece una espada normal y corriente... —dijo Marcia, mucho más dulce que yo.

El palisandro movía su único ojo portátil de forma incansable, bien hacia Marcia, bien hacia la espada, bien hacia mí. Yo no me acostumbraba a verlo flotar en el aire, con ese ojo que llegaba a todas partes y con esa voz indefinible.

—No hay nada de lo sucedido que se me oculte, todas las líneas del tiempo ocurren a la vez en mi interior, por eso sé todo de esa espada, por eso sé todo lo que ha sido... Ah, y todas las espadas son normales y corrientes... —sentenció sapiencialmente el palisandro.

Yo esperaba que aquella rosácea pelota prosiguiera con su inacabable perorata cuando, en vez de contarnos historias inverosímiles, empezó a girar sobre sí misma y a cambiar de color, al mismo tiempo que emitía un silbido agudísimo que taladraba de forma muy desagradable los oídos.

—*Sir* Nicholas, *sir* Nicholas —grité—, venga rápido, algo le sucede al palisandro...

Sir Nicholas y Wang vinieron corriendo, al igual que Berta y Pablo. Ver girar al palisandro era un espectáculo hipnótico, el sonido se iba haciendo poco a poco más agradable, hasta parecer una canción que nos envolvía. Los colores seguían cambiando e iluminaban toda la habitación. Así seguimos durante un rato, hasta que el palisandro se detuvo y dijo:

—Se ha alterado la línea temporal. Una anomalía ha aparecido...

—¡Por fin! —exclamó Cuff—. ¡Rápido, al módulo!

Todos nos apresuramos hacia el puerto de la casa de Cuff, donde estaba el módulo de Disolución Cronal. Todos menos Wang, que se quedaba esperándonos en Celestia.

—Bueno, Pablo, es hora de que demuestres ser tan buen piloto como presume la señorita Berta —dijo Cuff.

—No se preocupe, señor, no conocerá uno mejor —contestó Pablo.

El palisandro volvió a hablar:

—La anomalía ocurre el 28 de junio de 1901, en Austria. Ha aparecido un ser de carbono anómalo...

Sir Nicholas ajustó los parámetros temporales del módulo, miró a Pablo y nos pusimos en marcha. La nave empezó a girar muy despacio sobre sí misma, pero los giros eran cada vez más rápidos, hasta serlo tanto que empezamos a perder la conciencia espacial. Dejamos de percibir el lugar en el que nos encontrábamos y tan sólo notábamos un zumbido dentro de nosotros que cada vez se extendía más, hasta que nos llenó por completo. Entonces creo que perdí el conocimiento.

Cuando fui otra vez consciente, estábamos materializándonos (no se me ocurre un verbo mejor) en un bosquecillo junto a un río. La luz del cielo era muy borrosa todavía, igual que todo el paisaje, que se aclaraba muy lentamente, primero lo más lejano, unas montañas y las nubes, y poco a poco lo más cercano, una ciudad, los árboles, el agua transparente del río. Una vez finalizada la materialización, pudimos descender de la nave.

El olor era peculiar, muy fresco, como de un mundo sin hacer, pero detrás de esa frescura era posible percibir un aroma, muy tenue al principio, dulzón, como de algo pudriéndose. *Sir* Nicholas fue el primero en ver el cadáver.

—¡Por la rosa jupiterina! ¡Allí! —exclamó.

Y señaló un lugar junto al río donde se veía un cuerpo semiapoyado contra una roca.

Era el cadáver de un muchacho. Tenía un enorme boquete en el pecho. La sangre había empezado ya a secarse en los bordes de la herida. Marcia se abrazaba a mí, temblando. Pablo y la profesora Berta miraban al muchacho con ojos extraviados. El palisandro sobrevolaba la zona con algún propósito desconocido y *sir* Nicholas buscaba ávidamente alguna pista en aquel escenario catastrófico.

—El asesino es muy alto, proviene del planeta Antoyl, adora las hamburguesas con mucho pepinillo, tiene una novia que se llama Rita y la fuerza de diez zardias —sentenció Cuff para admiración de todos los presentes.

—¿Cómo demonios sabe todo eso? —preguntó Pablo.

—Es simple lógica, amigo. Deducción. Observe: las manchas de sangre en el suelo permiten calcular la inclinación y la altura desde la que han caído. Si añadimos a estos datos la altura del muchacho, podemos suponer que el asesino sostuvo al chico a una altura así más o menos —Cuff hizo un gesto con su mano—. Luego el asesino debía de ser muy alto, y además tremendamente fuerte para poder sostener al muchacho con una sola mano y con la otra agujerearle el pecho. Huela usted, además, los bordes de la herida, huela...

Pablo rechazó amablemente la invitación de Cuff con un gesto de ligera repugnancia. Los demás tampoco quisimos efectuar esa prueba. Nos fiábamos completamente del detective.

—Pues si usted se molestara en olerlos, comprobaría que desprenden un fuerte olor a hamburguesas con pepinillo... —continuó Cuff.

—¿Qué son hamburguesas con pepinillo? —preguntó Marcia cándidamente.

—Eso lo sé yo —dije—. Son una especie de bocadillos rellenos de carne aplastada que se comían mucho en el siglo XX. Pero hay algo raro, *sir* Nicholas. No creo que en Austria en 1901 fuera muy normal comer hamburguesas...

—Muy sagaz, muchacho, muy sagaz. Apuntaremos el dato —me felicitó Cuff.

—Bueno, aquí hablamos mucho, pero el caso es que hemos fracasado. Hemos llegado tarde. El asesinato ya se ha cometido. Si va a ser así todas las veces... —intervino la profesora Berta.

Entonces apareció el palisandro zigzagueando en el aire, se paró delante de la profesora y empezó a hablar:

—Espero que no me culpen a mí. Yo sólo soy un rastreador. Si el asesino hubiera esperado más para matar a su víctima, tal vez habríamos llegado a tiempo, pero por lo visto tenía mucha prisa, apenas si ha empleado media hora en realizar su trabajo.

Lo cierto es que estábamos todos un poco descorazonados. La misión no iba a ser tan sencilla como parecía al principio.

—Lo que no entiendo es cómo sabe Cuff que el asesino es del planeta Antoyl, y mucho menos que tiene una novia que se llama Rita... —empezaba yo a decir cuando un grito de la profesora Berta me interrumpió.

—¡Tiene la señal, tiene la señal! —gritaba señalando la frente del cadáver.

En efecto, allí, impresa como una quemadura sobre la frente, en el cuerpo del niño podía verse la ominosa señal de la profecía. Yo me estremecí. Era como ver el rostro de la muerte.

Entonces sucedió algo extraño. Marcia nos pidió que nos alejáramos un poco y sacó una piedra roja muy brillante que llevaba colgada de una tira de cuero alrededor del cuello. La piedra aquella empezó a iluminarse desde dentro, como si un sol en miniatura cobrara vida en su interior.

—Es el Rubí de las Nieves... —susurró con respeto *Sir* Nicholas Cuff.

Marcia empezó a cantar con una voz que yo nunca le había oído. Incluso el palisandro se detuvo extasiado. Marcia sujetaba la piedra preciosa delante de la frente del muchacho muerto y, después de cantar durante unos minutos, empezó a pasar aquella piedra sobre la marca que tenía grabada el niño desdichado. Y, de forma increíble, aquella señal empezó a borrarse y, muy lentamente, se dibujó sobre ella una nueva señal, otro dibujo incomprensible para mí, que era más o menos así:

Cuando Marcia terminó, estábamos todos un tanto confusos, sin saber qué decir. Oscuramente presentíamos que no debíamos preguntar nada, y que cuando tuviéramos que saber, sabríamos.

La imagen de la ciudad cercana era cada vez más nítida al avanzar el día. El palisandro había dicho que estábamos en Austria, pero no de qué ciudad se trataba, así es que yo le pregunté.

—Es la ciudad de Linz —me dijo.

Aquel nombre me sonaba mucho. Volví a mirar el cadáver del muchacho. Vestía una camisa gris marengo con bolsillos a cada lado. En uno de ellos llevada bordadas las iniciales A. H. Recordé la fecha y el lugar y una sospecha empezó a cruzar por mi cerebro como una golondrina parte el cielo.

—¡Es Adolfo Hitler! —exclamé excitado—. ¡El asesino ha matado a Adolfo Hitler! ¡*Sir* Nicholas, *sir* Nicholas!

Tan fuerte grité que acudieron todos.

—Ese niño, señor, ese niño es Adolfo Hitler... —dije señalando temblorosamente el cuerpo tendido junto al río.

—¿Quién? ¿Adolfo qué? —preguntaron todos.

—Adolfo Hitler, fue el responsable de la mayor guerra que la humanidad había conocido hasta entonces... Provocó muchos sufrimientos... Desde luego, lo que sí puede decirse de él es que cambió el mundo... Si se quería transformar de algún modo el futuro, desde luego eliminar a Hitler es una buena elección —reflexioné.

—La verdad, Leonardo, aunque no quiera quitar importancia a tu descubrimiento, no veo muy bien en qué puede ayudarnos saber a quién elimina el asesino —dijo la profesora Berta.

—Sí, sólo sabiendo por adelantado el objetivo podríamos intervenir a tiempo —aclaró *sir* Nicholas.

Claro, la profesora tenía razón. Todos nos miramos sabiendo que allí ya no teníamos nada que hacer. Sólo nos quedaba regresar y esperar que el asesino actuara otra vez para iniciar de nuevo la persecución.

—Deberíamos idear una manera de anticiparnos a ese asesino, prever sus acciones... Si consiguiéramos una copia de las predicciones... —iba murmurando *sir* Nicholas Cuff mientras subíamos al módulo.

Pero a mí me obsesionaba lo que había visto hacer a Marcia. Esa imagen fue la que me acompañó durante el viaje de vuelta.

XVIII

Un informe de Dolor

Tiempo: 14 de febrero de 1929. Lugar: Ciudad de Chicago, planeta Tierra. Secuencia factual: una vez materializado en la ciudad y convenientemente camuflado el módulo (no me gustaría quedarme atrapado en ninguna de estas líneas temporales —salvo, quizá, en Nueva York, con Rita, y ni aun así...), me dispongo a adoptar un disfraz que me permita realizar mejor mi misión. Esta vez he decidido, dadas las circunstancias, disfrutar del trabajo todo lo posible. El objetivo es un maleante de poca monta, un tal Dick the Prick, que pertenece a la banda de Bugs Moran. La susodicha se dedica a negocios relacionados con el tráfico ilegal de alcohol (algo parecido al néctar, pero que en mi planeta se utilizaría para amamantar a los bebés), por lo visto se trata de una actividad peligrosa, lo que me servirá para disimular mejor mi actuación. ¡Tengo un plan! Lo cierto es que no acabo de entender la obsesión de mis contratantes por el disimulo y la discreción, cuando sería lo más sencillo del mundo llegar, matar y largarse; pero ellos pagan... Y, qué demonios, ya que es así, yo siempre lo digo: ¡sácale jugo a la vida, muchacho!

Nos permitiremos una pequeña observación acerca del peculiar estilo de los informes del capitán Dolor. No hay nada más alejado del frío y metódico lenguaje que suele adornar estos ejemplos de prosa burocrática y no puede acusarse al inefable Heriberto de no tener una acusada y original personalidad, pero... En fin, que su, digamos, trasfondo filosófico, el universo mental que revelan, no es muy recomendable. Pero así es Dolor y así son sus informes. Nosotros nos limitamos a transcribir. Ahí termina nuestra responsabilidad.

El plan es más bien sencillo: me disfrazo como un gánster de la época (me encanta: traje de rayas bien planchado, sombrero de ala con cinta oscura, zapatos bruñidos, un cigarrillo apurándose en los labios y un bulto bajo la chaqueta. Ya veremos para qué sirve ese bulto tan primitivo, pero un poco más tarde).

Pude averiguar (¡los humanos son tan frágiles! Apenas les oprimes un poco el cráneo —adoro el chasquido tan musical de sus huesos cuando chocan con las partes blandas de su cabeza— y ya te dicen todo lo que quieres saber; todos temen que el destino los alcance, ninguno sabe que no se puede aplazar lo inevitable, todos ignoran lo que mi rostro significa) que hoy mismo iba a haber un «ajuste de cuentas» (algo así como un cumplimiento de destino colectivo) entre bandas rivales, en algún lugar del muelle. La banda de un individuo conocido como Al Capone (se parece a lo que un tío mío le gritaba a los ladrones de gallinas gigantes de su granja; en cuanto veía uno, empezaba a gritar: «¡Atrapad al capone, atrapad al capone!», con un significado muy similar al terráqueo «maricón»; imaginad, pues, la risa que me daba a mí el nombrecito del tal Al) se aprestaba a ejecutar uno de dichos «ajustes» contra la banda de Bugs Moran, con un plan brillante: llegar a su cubil, sacar las metralletas, disparar y largarse. Pero a mí, ya metido en faena, todo eso me parecía muy poco artístico, así es que me presenté a la banda del Maricone ese y les propuse ayudarles (no me costó tampoco mucho convencerlos de que mi ayuda sería inestimable, apenas un par de hígados arrancados en vivo), con la única condición de que se hiciera a mi modo. Mi idea era simple a la par que genial: nos disfrazaríamos de policías para la ejecución. ¡Fascinante! Una misión con dos disfraces opuestos y complementarios. ¡Qué imaginación la mía! ¡Cómo penetro en el sentido verdadero del universo! Ni que decir tiene que les pareció estupendo. Así es que procedimos.

La noche era neblinosa, particularmente oscura en las cercanías del puerto. Mis compañeros «policías» estaban muy asustados, a mi entender. Creo que hubieran preferido no tenerme allí, con ellos. Lo sé por sus miradas huidizas; reflejaban los tonos amarillentos y opalinos de quienes temen a la muerte y al dolor, y lo ignoran todo sobre el destino. A mí su miedo me divertía y me alimentaba.

Llegamos a un almacén aparentemente abandonado, un barracón mugriento y asqueroso que no era, en absoluto, un buen lugar para ser alcanzado por el destino. Ni siquiera era bueno para guardar excrementos de zargal, pero a mí tampoco me importaba. Aquél, a fin de cuentas, no iba a ser mi funeral.

Dentro, un grupo de individuos ignorantes de las fuerzas que actúan en el cosmos se aplicaba al trabajo de amontonar y clasificar cajas de las bebidas que traían del país vecino, llamado Canadá. Yo tomé el mando de la operación. Grité: «¡Abran a la policía!», y fue como echar carburante en una guarida de zorcastos y prenderle fuego. Mis compañeros ocasionales entraron violentamente en el almacén, con sus metralletas (armas extraordinariamente primitivas que todos acostumbraban a llevar ocultas bajo las gabardinas, ignoro por qué razón) en ristre, dando gritos y procurando que no escapara nadie de allí. En total, encontramos a siete personas, que alineamos contra una de las paredes de la barraca. Estaban anormalmente tranquilos, con una placidez y una mansedumbre que, en trance parecido, yo sólo había visto a algunos nativos de los planetas de los Religiosos. Me extrañaba esa actitud en las cercanías de la muerte, así es que pregunté a uno de mis compañeros. «No saben que van a morir», me dijo. «Creen que somos policías», y soltó una carcajada. Sorprendente. En este mundo terrestre del siglo XX *la policía no suele matar a los maleantes. Estas misiones temporales lo cierto es que me están haciendo conocer el asombro, como no lo había hecho antes ninguno de mis viajes. ¡Cuánta razón tenía mi extinto padre!*

En cualquier caso, yo debía asegurarme de que el tal Dick estaba allí, así es que lo pregunté con voz clara y policial. Uno de los individuos aquellos levantó tímidamente su brazo y dijo con voz de comadreja: «Soy yo». Entonces hablé y todos callaron, y dije «Pues conoce que eres llevado por el capitán Dolor, y que a todos os alcanza vuestro destino», y eso bastó para que hiciera una señal a mi banda y abriéramos fuego con aquellos primitivos instrumentos llamados «metralletas». Disparaban unos diminutos proyectiles de plomo (lo sé porque mis inefables compañeros no paraban de gritar «tragad plomo, idiotas») que producían al impactar en los cuerpos de las víctimas el mismo efecto que las músicas de síncope tienen en los cuerpos de los danzantes, después de una juerga de néctar.

Cuando terminamos la munición y se disipó la niebla producida por el humo de los cañones, vimos que aquellos cuerpos que antes bailaban al son de nuestra música se esparcían ahora por todo el almacén en posturas grotescas y muy poco convenientes. Olía a sangre humana recién derramada, caliente y luminosa. Miré a mis compañeros, que entendieron enseguida que debían desaparecer de allí sin demora.

Cuando me quedé solo, saqué mi «lápiz de marcar el signo». Chisporroteó levemente al encenderlo. Me acerqué al cuerpo de Dick, que estaba debajo de otros dos cadáveres que tuve que apartar, y le abrí la camisa para descubrirle el pecho. Era escuálido como una cintura de rageliana después del ayuno. Parecía el espinazo de uno de los peces-látigo del mar de Cartelia. Por fortuna, no tenía apenas vello, lo que hacía más fácil imprimirle la marca. Lo hice con delectación, pues estoy empezando a apreciar el placer de la carne quemada, el olor a purificación que deja, la blandura y dejadez de los cuerpos muertos.

El resto de mi estancia en Chicago, ciudad de mil y una distracciones, no es de la incumbencia de ustedes.

Objetivo de la misión: cumplido.

Fin del informe

XIX

—ENTONCES, MALCIA PASÓ el lubí soble aquella señal glabada en el niño y apaleció un signo nuevo, ¿no? ¿Y cómo ela ese nuevo signo? —nos preguntó Wang en cuanto le contamos cómo nos había ido en Austria.

Sir Nicholas le hizo un dibujo.

—Fan... —pronunció Wang en voz baja, como si esperara que comprendiéramos.

—¿Y qué quiere decir? —se atrevió a preguntar Pablo.

—«Fan» significa inveltil un ploceso, o volvel. La vieja plofecía dice que, si se quiele detenel el cambio, pol cada señal que apalezca tiene que usalse otla que la cambie, aunque tal vez ni siquiela eso sea suficiente —Wang se calló y sorbió un poco de su infusión de flores de loto.

—Me estoy empezando a hartar de los enigmas de este chino —dijo Cuff, un tanto irritado.

Sir Nicholas miraba a Marcia con preocupación. Lo cierto es que ella no nos había aclarado muy bien qué le había dicho la Dama, para qué servía aquel rubí ni por qué era Marcia quien tenía que utilizarlo.

—Es que no lo sé... —decía Marcia.

—Supongo entonces que nosotros debemos actuar como si no supiéramos que existe esa piedra —dijo *sir* Nicholas.

—Creo que sí, que simplemente tenemos que preocuparnos de que el asesino no siga matando... El resto parece estar por encima de nuestras posibilidades —opinó la profesora Berta.

A mí toda esta situación me confundía cada vez más, porque no acababa de entender cuál era mi papel. Ahora, hasta Marcia era importante, y eso que ella se reía de mis ideas desde el principio. Pero no me dio tiempo a seguir pensando en eso, porque un silbido que empezábamos a conocer muy bien interrumpió nuestra conversación.

—Ya ha habido algunos cambios... —era la aguda voz del palisandro la que nos sorprendía. No había vuelto a decir nada desde que regresamos del siglo XX.

—Toda la línea temporal está vibrando... Se anuncia una tremenda tempestad temporal... —siguió diciendo el palisandro.

—¿Qué clase de cambios? —preguntó enérgicamente *sir* Nicholas.

El palisandro no volvió a hablar. Cambió de color, y sus rosados pelos empezaron a alisarse hasta que quedó como una brillante superficie levemente anaranjada. Su tamaño se había reducido casi a la mitad. Flotó hasta el techo y allí se quedó, completamente inmóvil, como si esperara algo.

—Es tarde, será mejor ir a acostarse —dijo maternalmente la profesora Berta.

Tenía razón, yo estaba muerto de cansancio, y Marcia también; no había más que mirarla a los ojos, enrojecidos como un crepúsculo, para saberlo.

—Muy bien, id a acostaros, yo me quedaré investigando ciertas cosas que requieren mi atención —dijo *sir* Nicholas.

Así, pensando cada uno en cómo terminaría todo aquello, nos fuimos a dormir.

Nos despertó un sonido que parecía anunciar el fin del mundo. El palisandro había empezado a girar y a iluminarse, a gritar como un electrofán: «¡Actividad en la línea temporal, actividad en la línea temporal!», y allí salimos todos corriendo hacia el módulo, la profesora Berta y Pablo legañosos, a medio vestir, *sir* Nicholas portando flemáticamente una taza de té que era difícil mantener en equilibrio a esas velocidades, Marcia y yo mirándonos, buscando en los ojos del otro algo que nos explicara cómo habíamos llegado a una situación de locura como aquélla. Wang tampoco quiso venir esta vez («Dice Lao Tse, el viejo maestlo, que sin salil de la puelta se conoce el mundo», nos dijo mientras se despedía), así es que montamos los seis en la nave y ya estábamos otra vez en medio de la danza del tiempo.

El palisandro ajustaba los controles para el 14 de febrero de 1929, en Chicago, y mi mente se llenó de imágenes de gánsteres, de chicas hermosas de pelo color platino cantando junto a un piano, de persecuciones de coches disparando sus metralletas, de policías corruptos, todo eso que había aprendido estudiando historia y viendo las viejas películas de aquellos tiempos. Así, hasta que me desvanecí.

Cuando desperté, acabábamos de llegar a Chicago. Sobrevolábamos el lago Michigán, que se extendía como una lámina de acero bajo nosotros. Al fondo se veía el fulgor de la ciudad, esperándonos.

Marcia aún dormía. *Sir* Nicholas y Pablo se concentraban en pilotar la nave; iban diciendo algo acerca de cuál sería el mejor modo de camuflarla. El palisandro parecía nervioso, inflaba y desinflaba su pelambrera, como si esa fuera su forma de respirar.

Yo ya había aprendido que el tiempo no funcionaba a nuestro alrededor mientras tuviéramos los motores encendidos, así es que procuraba llegar despierto a ese momento en el que la nave entraba en la línea temporal congelada, porque todo entonces estaba suspendido a nuestro alrededor, y era un espectáculo asombroso y estremecedor. El cielo estaba lleno de aves atrapadas en pleno vuelo, sostenidas por manos invisibles; las pequeñas olas del lago no avanzaban, como si la forma del agua fuera la de un serrucho; las ramas de los árboles cedían al impulso de un viento inexistente y no volvían a su posición natural. Si tenía suerte, hasta podía ver personas detenidas en cualquier gesto, saludando a un amigo, paseando al perro. Era un mundo de sueños, como una pintura tridimensional. Y todo se ponía en marcha en cuanto cortábamos la corriente de energía. Así debía de ser la magia en la época perdida de los magos.

Una vez camuflada la nave, empezamos a seguir al palisandro, que rastreaba las huellas que dejaba el asesino en el tejido de las líneas temporales.

Marcia me sujetó por un hombro mientras avanzábamos.

—Mira, Leonardo —me dijo, y me mostró el Rubí de las Nieves. Palpitaba como un corazón—. Parece que está vivo... Yo tengo miedo, Leonardo —Marcia me miraba a los ojos, mostrando esa fragilidad que sólo enseñas a los que quieres.

—Yo también, Marcia, yo también... Pero estamos juntos, y tenemos a Berta, a Pablo y a *sir* Nicholas... No va a pasarnos nada, ya verás... —traté torpemente de consolarla, sujetándole la mano y apretándosela.

—No me preocupa eso, Leonardo... Lo que temo es la responsabilidad y el futuro —me contestó enigmáticamente, y la sentí terriblemente lejana.

Mientras tanto, habíamos llegado a un lugar lleno de almacenes. El palisandro zigzagueaba entre callejuelas estrechas y malolientes, y de pronto se detuvo en uno de aquellos cochambrosos barracones. De dentro salía el olor inconfundible de la muerte reciente.

Entramos. Los cadáveres se amontonaban unos encima de otros. Los agujeros de la pared indicaban que los habían asesinado con ráfagas de ametralladora, al viejo estilo de las bandas de traficantes de alcohol. Contamos hasta siete muertos.

—Sólo uno podía ser el objetivo del asesino. No entiendo tanta muerte inútil... Hay que encontrar el cadáver marcado —dijo *sir* Nicholas.

Había algo en todo aquello que me resultaba familiar. El lugar, la forma de la ejecución, y de pronto me di cuenta de la fecha. ¡El 14 de febrero de 1929!

—¡*Sir* Nicholas! —grité—. ¡Es la matanza del día de San Valentín!

—¿La qué? —me preguntó sir Nicholas.

—Hoy ha sido una famosa masacre entre bandas de gánsteres por el control de tráfico ilegal de alcohol. Fue una matanza histórica, muy famosa.

Sir Nicholas meditaba. Parecía que mi información le estaba haciendo reflexionar.

—Bien, puede ser que el asesino tenga una pauta que podemos descubrir para anticiparnos la próxima vez —dijo finalmente *sir* Nicholas.

—No lo creo, señor —intervino la profesora Berta—. Lo que tiene es una lista... Lo sé porque así eran las predicciones que hacia Zúsculo Gavrial... Él no conoce las consecuencias de lo que hace... Sólo sus jefes lo saben, ellos le dicen a quién tiene que matar y cuándo.

—Pero eso nos pone las cosas mucho más difíciles. No tenemos manera de saber quién figura en esa lista —contestó preocupado *sir* Nicholas.

Nos interrumpió un grito de Pablo. Había encontrado el cadáver marcado. Tenía grabado en el pecho el signo ominoso de la profecía. Nos giramos para mirar a Marcia, que ya se acercaba ceremoniosamente, llevando en la mano el rubí, que brillaba como una estrella a punto de explotar. Marcia repitió la canción que ya habíamos oído antes, y dejó que la piedra se deslizara sobre la señal. Y de nuevo aquel signo desapareció milagrosamente y fue sustituido por otro dibujo, que copiamos con un grafóctico para enseñárselo a Wang.

Regresábamos a Celestia, otra vez con el sabor de la derrota y la amargura de la impotencia.

LAS VOCES OSCURAS (INTERLUDIO)

El lugar es el Reino de la Tiniebla, en el que vivir es como estar sumergidos en un mar oscuro. La densidad del espacio es mayor que la del aire. Las voces que allí se oyen llegan apagadas, como alteradas por la presencia de un velo que las cubriera.

UNA VOZ: Las comunicaciones con el capitán Heriberto Heliogábalus Dolor son defectuosas... No tendremos nada que decirle a Él cuando llegue...

OTRA VOZ: Pero lo último que supimos fue que estaba cumpliendo perfectamente su trabajo... Además, Él en realidad sólo viene aquí por la calidad del néctar...

TODAS LAS VOCES: ¡Oooh! ¡Blasfemia, blasfemia! ¡Desintegración, desintegración!

LA VOZ IMPRUDENTE: Pero, pero... Yo... yo... ¡Esperad! ¡Noooo!

No resulta fácil saber qué ha pasado en ese espeso magma ondulante desde el que se escuchan las voces, pero a juzgar por los brillos de luz escarlata y los gritos, no ha debido de ser nada particularmente agradable para la intrépida Sombra que ha hablado de más. Sin embargo, es rápidamente sustituida por otra, pues tal es la gloria y el poder de las Sombras.

UNA VOZ: Por lo menos, Él no viajará en balde. El Cazador sí vendrá... Lo ha anunciado hace cuatro fotones...

OTRA VOZ: ¿El Cazador? ¡Pues estamos apañados! Ése sólo sabe coleccionar fracasos...

LAS VOCES: ¡Shhh!

Pero..., claro, el Cazador se materializa justo en ese momento, y escucha la insólita opinión de la Sombra, y la coge, y aprieta su garra, y la Sombra, muda de espanto, viendo su sangre ultradimensional manar fluidamente entre los dedos afilados del Cazador, siente que la vida es como un río que huye incontenible, y el Cazador que aún aprieta más, hasta que la Sombra sabe que va a ingresar para siempre en el reino donde todo se olvida, y oye la risa de su matador, el último sonido que resuena en la oscuridad aún más negra que la envuelve...

EL CAZADOR: ...

El Cazador nunca habla, pero mira salvajemente a su alrededor, como esperando que otra voz atrevida quiera ser traspasada. Ninguna quiere. Silencio. Un temblor sacude las nieblas oscuras de la sala, pero nadie se mueve. Sólo se espera.

Entonces, después de un rato, todo se sacude y resplandece, pues regresa la aparición.

ÉL: ¡Néctar!

Y después de saciar su sed...

ÉL: ¡Informes!

UNA VOZ: Su Oscuridad, se han cortado las comunicaciones con HHD. Todos nuestros especialistas están trabajando en restablecerlas.

ÉL: ¡Pues que se haga rápido! ¡Más!

OTRA VOZ: Según la última relación que nos pudo enviar, ya había ejecutado las dos primeras misiones y se disponía a terminar el resto...

ÉL: Excelente, sí, excelente. ¡Bebamos!

El néctar corre por lo que sin rubor podríamos llamar su garganta como una cascada, como las cabelleras húmedas de los Saltos de la Serpiente.

UNA VOZ: También está aquí el Cazador...

ÉL: Ya lo veo, animal, ya lo veo, luciérnaga incandescente...

Éste era el peor insulto posible para una Sombra.

ÉL: ¿Y...?

UNA VOZ *(con acusado temblor)*: El Cazador informa de que tuvo problemas en Wonn Xin, donde no pudo completar su misión, que siguió a sus objetivos hasta la mismísima Celestia, donde no pudo atravesar las defensas de la casa de Cuff. Informa también de que los enemigos disponen de un módulo de Disolución Cronal, y que él mismo ha podido detectar que han realizado ya al menos dos saltos desde la propia casa de Cuff. Teoría hipotética: persiguen a HHD.

ÉL: ¡Néctar! ¡Cazador, eres un grandísimo patán! Debes volver a Celestia y acabar tu trabajo, ¿me oyes? Debes exterminarlos, masacrarlos, desmembrarlos, esparcirlos... Lo que quieras, pero que no interfieran con Dolor.

El Cazador, hombre de pocas palabras; él mismo tampoco necesita muchas para entender lo que le quieren decir, así es que desaparece en un fulgurante estallido azul.

ÉL: Ahora, quiero saber las consecuencias de los actos de Dolor...

UNA VOZ: Toda la dimensión alternativa está empezando a alterarse. Hay temblores en todas las tensiones galácticas que podemos detectar... La constelación de los Centollos está acercándose al punto crítico de implosión... Han desaparecido las manifestaciones artísticas en los planetas Lúdicos, el cielo cambia de color en prácticamente todas las bóvedas de la Confederación...

ÉL: Bien, no sigas, Sombra. Envíame la lista con todos los detalles... Tengo que informar al Consejo... El tiempo se acerca, ya llega el Reino...

Y, envuelto en una nube de luz azul que lo lleva, Él desaparece, y nosotros con él.

XX

Invierno de 1971, Moscú

La nieve ensuciaba las calles y las plazas de Moscú, al mismo tiempo que embellecía sus tejados y sus cúpulas. Los coches se deslizaban tristemente sobre calles semejantes a los ríos sin luz de las estepas, los escasos transeúntes caminaban solitarios sin mirar a los lados, como si temieran a algo invisible, y un hombre más alto que un tilo paseaba despacio, ignorando el frío, cubierto tan sólo por una estrecha camiseta color naranja que dejaba al descubierto sus hombros y sus brazos brillantes y lisos como el acero. Los pocos moscovitas que se cruzaban con él no podían evitar el asombro, provocado más por el brillo intenso de su mirada y la singular pauta energética que de él emanaba que por su inusual atuendo.

Aquel hombre parecía andar buscando algo. De vez en cuando se detenía para mirar un extraño aparato del tamaño de una pequeña agenda telefónica, en el que parpadeaba una luz amarilla.

Ese hombre era el capitán Heriberto Heliogábalus Dolor, y lamentaba profundamente que en aquel país no hubiera hamburguesas, todavía.

«El Podzárka Teatr... ¿Dónde diablos estará ese maldito teatro? Todas las calles son iguales, llenas de nieve y de edificios grises... Y este aparatito parece que se ha congelado...» El capitán Dolor sacudió el extraño instrumento, como quien intenta ahuyentar a un mosquito molesto. «Nada... Tendré que preguntar a uno de éstos...»

En ese preciso momento, como un guiño de las líneas del destino, pasaba junto a Heriberto Heliogábalus el funcionario Alexei Brynski, de vuelta a casa después de una rutinaria jornada laboral. El capitán le puso su enorme mano en el pecho y lo detuvo. Alexei Brynski dio un respingo que casi le hizo caer sobre la nieve. Levantó los ojos, y tras un inacabable pecho anaranjado encontró el rostro de Dolor, que le miraba fijamente.

—¿Qué..., qué quiere... usted? —acertó a balbucear el asustadizo Alexei.

El capitán Dolor sonrió. No había ninguna razón por la que no pudiera ser amable, así es que preguntó cortésmente:

—Verá, alegre y amable camarada, resulta que soy extranjero, de un país muy, muy lejano, y busco el Podzárka Teatr, pero no puedo encontrarlo... Si fuera usted tan amable de ayudarme...

Pero los modales de Dolor eran más rudos que su lenguaje. Mientras decía estas palabras no había apartado su mano, tan grande como diez hojas de arce, del pecho quebradizo del desdichado Alexei, que temblaba como un junco en el huracán.

—¿El... Podzárka Teatr, dice usted? No es un lugar muy recomendable... —se atrevió a opinar.

—¡Eso lo decidiré yo! —rugió Dolor, que no era una de las personas más pacientes del universo.

Alexei, que ya confundía el color acerado de los ojos

del desconocido con cierto aspecto del cielo de Moscú, sintió que flotaba en una débil cuerda sobre un abismo. Presintió la Sombra gigantesca que había, imperceptible, detrás del capitán, que viajaba con él pegada a su espalda, y comprendió que no era por azar que el desconocido extranjero le hubiera preguntado a él, entre tantos millones de moscovitas.

—Está en la plaza Sverdlov, junto a prospekt Marksa. Y deben de estar a punto de abrir... Hoy creo que actúa Dimitrievna Klosenskaia, la reina del glamur y de las plumas... Todo muy occidental y decadente, como les gusta a ustedes los turistas... —Alexei se disparó, incluso se atrevió a dar alguna opinión personal al gigantesco extranjero. A Alexei Brynski ya todo le daba igual, pues había visto que su vida inútil carecía por completo de valor. Notaba profundamente que un solo gesto de la mano de aquel desconocido bastaría para atravesarle el pecho, convirtiéndolo en un montón de materia vacía, y ese hecho nimio, tan vulgar y cargado de trivialidad, le había hecho comprender el escaso papel de su vida en la historia de las cosas. Así de rápido puede hundirse una vida.

Heriberto Heliogábalus dio las gracias al anónimo moscovita («¡Spasiva!») y se alejó arrastrando los pies entre la nieve, sin saber que había acabado con una vida, que esta vez el destino había seguido un rumbo torcido para llegar a la misma meta. Y Dolor era un instrumento del destino, como ya sabemos, y actuaba como tal incluso inconscientemente.

El Podzárka Teatr era un edificio señorial, estilo siglo XIX, la época de brillo de los zares rusos. Su fachada mostraba las heridas del tiempo —paredes desconchadas, ventanas derrumbándose, aleros y cornisas en un precario equilibrio inestable—, pero el conjunto aún resultaba hermoso. El capitán Dolor entró decidido en el teatro, sin hacer mucho caso al uniformado portero («¡Señor, señor, debe pagar!»), ni tampoco a los guardias de orden que trataban de detenerlo. Se dirigió a uno de los palcos, desde donde el escenario quedaba tan cerca que de un salto se podría aterrizar en medio de aquel tropel de bailarinas blancuzcas y torpes que se afanaban por bailar acompasadamente, sin que el resultado fuera demasiado vistoso. Sin embargo, para asombro infinito de Dolor, los escasos espectadores que se habían congregado allí las celebraban ruidosamente, y alguno más atrevido intentaba incluso tocar las piernas de las que quedaban más cerca de las primeras filas.

Cuando aquel simulacro de danza terminó, un personaje vestido con un traje negro que delataba ser tan antiguo al menos como el teatro surgió de entre los espesos cortinajes granates y verde esmeralda que cubrían la parte trasera del escenario y anunció que a continuación aparecería la gran estrella del cabaret y del *music-hall* de Moscú, la sin par, la inmarcesible ¡Dimitrievna Klosenskaia!, directamente desde París, Francia.

Y, con un redoble de la música enlatada que empleaban en aquel teatro, apareció, bañado por una luz ambarina, un ser que a Heliogábalus le recordó las aves hirsutas de Rolter Ban cuando están a punto de aparearse.

Aquella mujer descendía con escasa elegancia por unas escaleras con los escalones iluminados, al mismo tiempo que trataba de cantar algo que al capitán le recordó los ruidos que hacía su madre después de las comidas de celebración familiares. El público, otra vez, parecía muy satisfecho de las prestaciones de aquella mujer entrada en años y en kilos, e incluso coreaba la canción. Dolor dedujo que la vida en aquel país debía de ser muy triste.

«Sólo dudo si matarla ahora o esperar a que termine», pensó Heriberto Heliogábalus. «Claro que, para mirarla a los ojos y explicarle un poco de mi filosofía lírica será mejor hacerlo en su camerino... Bien, no privemos a esta chusma de su espectáculo.» Y así, magnánimamente, el a veces cruel y a veces caballeroso capitán decidió posponer unos minutos el cumplimiento de su misión.

Pero, como ya sabemos, a todos nos alcanza nuestro destino, y la pobre Dimitrievna sólo había conseguido un momentáneo aplazamiento del suyo. El capitán se repantingó en su silla para disfrutar en la medida de lo posible de lo que sucedía en el escenario, pero una mirada tan penetrante no iba a escapar a la perspicaz y experimentada reina del *music-hall.* Enseguida se dio cuenta de que un nuevo espectador estaba en la sala, un enorme extranjero estrafalariamente vestido con una camiseta naranja. Lo miraba con el rabillo del ojo cada vez que giraba al cantar y el abanico de plumas que la cubría se lo permitía. Le resultó demasiado atractivo, y decidió que aquel hombre no se escaparía del teatro sin ser añadido a su colección. Cada vez que podía, miraba hacia su palco y le guiñaba un ojo, con un movimiento estudiado de sus largas, sedosas y falsas pestañas.

El capitán Dolor notaba aquellas raras señales y no sabía muy bien cómo interpretarlas. ¿Serían parte de aquel infame entretenimiento? Deseos le entraban al capitán de arrepentirse de su decisión y acabar allí mismo su trabajo.

Pero no le hizo falta esperar mucho, pues Dimitrievna, ansiosa por conseguir a aquel extraño, terminó la actuación rápidamente. Hizo un saludo fugaz hacia el público, que silbaba disgustado, y lanzó un sugerente beso hacia el palco de Dolor.

El capitán no dudó un momento. Debía perseguir a esa mujer hasta las entrañas mismas del teatro. En pocos segundos derribaba la puerta de su camerino, reconocible por ser la única que exhibía una estrella tímidamente plateada con las puntas dobladas hacia fuera. Dimitrievna le esperaba con los tirantes de su vestido sugerentemente deslizados, mostrando sus trémulas carnes temblonas.

—Soy el destino, soy el Dolor... —dijo feroz el capitán.

Dimitrievna dio un respingo. Aquel hombre la entusiasmaba, estaba harta de babosos barrigones miembros del gobierno que se creían con derecho a cualquier cosa. Era un poco brusco, eso era verdad, pero por lo mismo prometía una virilidad a la que ya no estaba acostumbrada.

—Huy, Dolor, vaya un nombre... —dijo coquetamente.

El capitán estaba desconcertado. Aquella mujer no temía a su destino, lo que por una parte le parecía sabio, nadie debería temer lo inevitable, pero por otra le parecía indigno de su prestigio. Decidió mostrarse más salvaje. Se acercó a la mujer, la cogió fuertemente por la garganta (momento que Dimitrievna aprovechó para temblar de gozo un poco) y la levantó por los aires, sujetándola contra la pared.

—Ah, señor Dolor, qué salvaje es usted..., ¡béseme! —le dijo la cabaretera apasionadamente.

El capitán Heriberto Heliogábalus Dolor supo entonces que nunca entendería a las mujeres.

—De acuerdo, señora, pero sepa usted que es llevada por el capitán Dolor, el rostro del destino...

—Ah, sí, sí... —musitaba Dimitrievna.

Y Dolor la besó, y con su lengua tensa como un cable de acero le taladró la garganta, y le perforó el paladar hasta alcanzar el cerebro y traspasarlo. El cuerpo de Dimitrievna Klosenskaia se destensó y empalideció un poco más. Dolor lo dejó caer al suelo, contra el que chocó con un golpe sordo. Heriberto Heliogábalus sacó su lápiz de marcar, descubrió el vientre blando y abultado de Dimitrievna y grabó allí la señal.

XXI

Dakota Building

OTRA VEZ HABÍAMOS LLEGADO tarde. Tan sólo encontramos el cuerpo sin vida de una mujer en un sórdido cabaret de la ciudad de Moscú, que tenía la marca impresa sobre el vientre. Marcia volvió a ejecutar su ceremonia de purificación y sustitución de la señal («An», dijo Wang, «que es paz y concoldia»), y nosotros regresamos a Celestia cabizbajos y derrotados.

El tiempo se terminaba. Los electrodiarios se pasaban el día emitiendo listas de cambios increíbles en cada rincón de las galaxias conocidas, relatando catástrofes inverosímiles y vaticinando el fin del mundo.

—La plofecía se está cumpliendo —sentenció Wang solemnemente.

Estábamos todos reunidos en un pabellón de los jardines de *sir* Nicholas. El detective había decidido que no saldríamos de allí hasta que no tuviéramos un plan.

—Sólo nos queda una oportunidad, un solo asesinato más y estoy seguro de que estará todo perdido... —decía Cuff mientras paseaba entre nosotros con las manos a la espalda.

El silencio se estaba apoderando de todos, nos paralizaba el miedo a equivocarnos y la impotencia que sentíamos. El único que parecía absolutamente tranquilo era Wang.

—Dice el viejo maestlo Lao Tse: «Un hulacán no dula toda la

mañana» —dijo el oriental mientras repartía tazas cargadas de té humeante para todos.

Yo le agradecía ese rasgo de optimismo, y creo que Marcia también lo hacía, porque me miraba con una expresión de decisión que antes no tenía. El resto, sin embargo, era más escéptico. Las palabras de Wang se las llevaba el viento, como decía la profesora Berta.

—Y entonces, señor sabio del lejanísimo Wonn Xin, ¿qué nos aconsejarías que hiciéramos ahora que el mundo está llegando a su final? —le preguntó *sir* Nicholas un tanto iracundo.

Wang sonrió y nos miró a todos, muy despacio. Entonces, dejó su taza de porcelana sobre la mesilla flotante, se limpió los labios y dijo:

—«Con el no oblal nada hay que no se alegle», dice Lao Tse, el viejo maestlo.

—¡Estoy de ese Laosé hasta el sombrero! —gritó Pablo, al que la tensión estaba empezando a poner ligeramente nervioso.

—No te entiendo, Wang. Esto de que no digas las erres... —comentó Marcia.

—Quelía decil que, como nos cuenta Lao Tse, el viejo maestlo, «el homble pelfecto se aplica a la talea de no hacel nada».

—¡Ah!, claro, ahora lo entiendo —ironizó *sir* Nicholas—. Quieres decir que no hagamos nada, que nos sentemos aquí a esperar a ver cómo el universo se desintegra, y nosotros con él.

—Sí, lo malo es que nosotros no somos perfectos —dijo la profesora Berta.

—Y tenemos que hacer algo, lo que sea, si no, me voy a volver loco —insistió Pablo.

Marcia y yo no hablábamos, nos sentíamos un poco inútiles, demasiado jóvenes como para ser una ayuda verdadera. Y Marcia, al menos, parecía tener un papel en todo lo que sucedía, ella poseía el Rubí de las Nieves y rescataba con él algunas almas perdidas, pero yo... Sólo era un estorbo...

—¿Y si fuera al Centro de Predicciones y comprobara si el padre de Marcia dejó algún registro de su último mensaje? Así tendríamos la lista de asesinatos... —sugirió la profesora Berta.

—Sería una posibilidad si el gobierno no hubiera cerrado todos esos centros, después del informe que le mandamos. Recuerda que han destruido toda la información que tenían guardada para que no resultara útil para ningún enemigo potencial —contestó *sir* Nicholas.

Desde luego, estábamos en un callejón sin salida. Lo único que podíamos hacer era esperar, y eso era precisamente lo que nos estaba volviendo locos. Bueno, a todos no, porque el palisandro parecía vivir en un mundo feliz, siempre flotando de acá para allá, sin hablar ni sacar su ojo curioso. Pero nos habíamos acostumbrado a tener una pelota rosa y peluda volando de cabeza en cabeza y ya casi ni nos dábamos cuenta de su presencia.

—Si no fuera porque es imposible... —musitó *sir* Nicholas.

—¿El qué es imposible? —pregunté.

Sir Nicholas me miró sorprendido, como si acabara de despertarse y encontrara un extraño delante de él.

—¿Qué? Ah, perdón, estaba pensando en voz alta... No era nada, una idea que se me había ocurrido, pero que no es posible...

—Bien, si ya has empezado, ahora tienes que terminar —dijo la profesora Berta.

—Está bien. Pensaba que hay muchas pistas en este caso que me hacen pensar en una persona determinada, alguien que podría resultar el asesino, alguien perfectamente capaz de asesinar sin escrúpulos, de viajar en el tiempo, de saltar dimensiones y de despreocuparse por completo de la suerte del universo... —explicó *sir* Nicholas.

Ese discurso cuffiano nos puso los pelos de punta. Yo imaginaba a un ser terrorífico, una especie de compendio de todo lo malo. Marcia se me había abrazado y escondía su cabeza en mi pecho. Nunca lo había hecho antes. Paradójicamente, Marcia era ahora más frágil que antes y, al mismo tiempo, más independiente y distante. Yo sentía que el único que no se había movido de donde estaba era yo, que todo el mundo había cambiado en el transcurso de esta aventura, salvo Leonardo el Tímido, Leonardo el Enamorado, Leonardo el Incapaz. Tenía un enorme deseo de proteger a Marcia y de besarla. La sentía más cerca de mí que nunca antes, pero también percibía que ahora besarla sería la mayor de las torpezas.

—¿Y de quién se trata? —preguntó Pablo.

Sir Nicholas hizo una pausa que aumentó la expectación. Nos miró fijamente a todos y pronunció un nombre inolvidable:

—Heriberto Heliogábalus Dolor —y añadió muy deprisa—: Pero está muerto. Murió en uno de mis casos. Nunca he conocido a enemigo más formidable; no creo que haya existido nunca en ningún universo una fuerza mayor que la suya, como si fuera parte de la naturaleza de las cosas... Pero no puede ser él... Y aunque lo fuera, el saberlo tampoco nos ayudaría.

En ese momento, Néstor, el mayordomo, entró para anunciar que *sir* Nicholas tenía una visita.

—Señor, la dama amiga del señor está aquí. Creo que tiene algo importante que decirle —anunció el mayordomo.

—Pues hazla pasar, Néstor, hazla pasar...

A los pocos segundos, la Dama del Velo entraba en el pabellón, iluminando el aire con su paso.

Yo sólo había visto a la Dama dos veces en toda mi vida, y las dos veces había sentido que, estando con ella, nada malo podía suceder. Como si estableciera una armonía entre las cosas del mundo que no se pudiera romper. Marcia, en cuanto la vio, corrió a abrazarla, y comprendí que entre ambas había un lazo especial, una relación con la que yo nunca podría competir. Pero, extrañamente, no me preocupaba en absoluto. Formaba parte de la forma de ser de las cosas, y por eso estaba bien.

También el palisandro parecía afectado por la presencia de la Dama. Ejecutaba un vuelo que dibujaba en el aire formas de objetos imposibles, cambiaba de color a toda velocidad, pasando por todos los tonos del espectro; yo creo que estaba danzando.

En cuanto a *sir* Nicholas, parecía que había visto a un ángel. Cuando apareció la Dama, se adelantó a saludarla con una expresión de placer que alumbraba su rostro. Delicadamente, besó su mano y la condujo hasta donde estábamos el resto de nosotros.

—Una reunión amistosa... —dijo la Dama.

Wang hizo a la señora una reverencia, al mismo tiempo que la besaba en los pies.

—Siemple bienvenida la enviada de la Luz —le dijo.

—Berta, Pablo, Leonardo... —recitó la Dama nuestros nombres a modo de saludo. Yo creo que el mío lo pronunció de una forma especial.

Sir Nicholas ordenó a Néstor que preparara más té, y fuimos a sentarnos en una de las mesas que se ocultaban al fondo del pabellón.

—Tengo entendido que vuestra misión no marcha exactamente como debería... —empezó la Dama.

—Sí, es verdad, siempre hemos llegado tarde, no hemos podido evitar ningún asesinato... Y no soportamos esta espera, tener que aguardar a que el palisandro nos dé unas coordenadas, debería haber algo más que pudiéramos hacer —dijo *sir* Nicholas.

—Sí, porque, si no, todo va a perderse... —añadió Pablo. Yo sé que él sufría especialmente por Berta. Me gustaba imaginar que algún día Marcia y yo estaríamos como están la profesora Berta y Pablo, que podríamos mirarnos como ellos se miran.

—Yo no puedo deciros nada, eso lo sabéis... Pero sí podemos charlar, quizá encontréis alguna clase de iluminación —dijo la Dama.

Sir Nicholas decidió tomar la palabra y recapitular todo lo que sabíamos:

—Veamos, en la última tanda de asesinatos parecía haber una pauta. La primera víctima era un niño que al crecer provocaría grandes guerras. Era un importante personaje histórico. En el segundo asesinato, aunque esta vez la víctima era completamente anónima, un maleante sin importancia, la ejecución sí paso a figurar en los libros de historia. Fue una matanza famosa, aunque la verdad es que no tenemos manera de saber si ese individuo concreto que ha sido asesinado ahora lo fue también en la matanza original, o si el asesino lo ha cambiado esta vez. Pensábamos que en esta última serie los asesinatos tenían que ser trascendentales, tener alguna repercusión... Pero resulta que el último que hemos detectado se escapa a esta regularidad... Una cantante absolutamente desconocida en un destartalado teatro de Moscú... Todo esto es muy confuso... Y lo único que podemos hacer es esperar a que el palisandro empiece a silbar... Resulta desesperante...

—También sabemos que sólo queda un asesinato, probablemente... —dijo la profesora Berta.

—¿Por qué creéis que ahora todos los asesinatos ocurren en el siglo xx? —preguntó la Dama.

Ésa era una pregunta perfecta para mí, así es que hablé yo:

—Porque, como dice un profesor nuestro, en el siglo XX se produjo el último gran cambio en la historia del mundo. Si alguien quisiera cambiar todo el futuro, el momento ideal para hacerlo sería el siglo XX. El universo es ahora como es gracias a todo lo que cambió en el siglo XX. Sin el siglo XX no hubiera habido guerras solares, no se habría destruido el sistema solar, entonces no habría habido la gran migración, no se habrían conquistado las estrellas, no existiría Celestia..., ni tampoco nosotros —dije.

—Muy bien, Leonardo, muy bien... Y si tú tuvieras que decidir a quién matar en el siglo XX, pero sólo a una persona, sabiendo que ese asesinato tendría que cambiar toda la historia, ¿a quién crees que habría que eliminar? Piénsalo bien y sé completamente sincero... No trates de pensar en alguien muy, muy importante, sino exactamente en quien tú consideras muy importante... —me dijo la Dama.

Todos me miraban. Empecé a sentir un peso enorme, como si el destino del universo entero dependiera de mis siguientes palabras. Sólo tenía que ser sincero, no parecía tan difícil. Marcia se me acercó entonces, me abrazó por el cuello y me besó en la mejilla. El palisandro se puso a flotar muy cerca de mi cabeza, casi rozándome el pelo. «Lo mejor es no pensar», me dije. «Habla sin reflexionar primero y serás entonces completamente instintivo y natural.»

—A John Lennon. Yo mataría a John Lennon —dije.

Todos me miraban con asombro. Supongo que no se atrevían a preguntar quién demonios era John Lennon. Sólo Marcia y la Dama sonreían, creo que eran las únicas que sabían quién era John Lennon. Pero los demás parecían un tanto despistados, así es que traté de explicarles por qué lo había elegido a él.

—John Lennon era miembro de los Beatles, sir Nicholas. Ya

le he hablado antes de ese grupo musical del siglo XX. Creo que era su músico más importante, y sin los Beatles es indudable que el siglo XX habría sido diferente, y si el siglo XX hubiera sido diferente...

—El mundo, el futuro, nosotros, habríamos sido diferentes —Marcia terminó por mí la frase.

Sir Nicholas no decía nada, por el momento. Wang se había encendido una pipa muy alargada y se ocupaba en adornar el aire con volutas de humo. El palisandro brillaba, como si estuviera excitado. Y Berta y Pablo parecían no saber qué decir. Entonces me sentí importante.

—Bien —dijo entonces *sir* Nicholas—. Así es que tú crees que el asesino intentará matar a ese tal John Lennox...

—Lennon —corregí—, John Lennon, con ene.

—Bueno, pues Lennon con ene. El problema es que no sabemos en qué momento de la que supongo larga y gozosa vida de ese individuo va el asesino a intentar cargárselo. Puede hacerlo en su infancia, en su adolescencia, cuando durmió por primera vez con una mujer, o qué sé yo cuándo... Así es que estamos como al principio... —se quejó *sir* Nicholas.

—No, como al principio desde luego que no. Ahora tenéis por dónde empezar. Y tenéis al palisandro. Ya os dije que es uno de los seres cronales —intervino la Dama.

—¿Y para qué nos puede servir? Hasta ahora, sólo para llegar tarde... —dijo Pablo, decididamente el más desesperado de nosotros.

—Si ya sabemos a qué individuo queremos seguir, el palisandro es capaz de fijar en qué momento de la hebra temporal de esa persona hay más posibilidades de sufrir un cambio trascendental. Y la muerte es el más trascendental de los cambios. El palisandro sólo tiene que sintonizarse con la hebra que es la vida de John Lennon, y en un momento sabrá con completa exactitud en qué día de su recorrido por el mundo tenéis que aparecer.

—Pues, rápido, que lo haga ya —ordenó perentorio *sir* Nicholas.

La Dama acarició al palisandro (no se había dejado antes tocar por nadie), le susurró una especie de canción, y aquel ser peludo y esférico empezó a girar con una extraordinaria lentitud, como deteniendo el tiempo a su alrededor. Sus colores cambiaban también muy despacio. Lo cierto es que era muy hermoso verlo.

Después de unos instantes, el palisandro dejó de girar. Se detuvo en mitad del aire, se elevó ligeramente sobre nuestras cabezas, y dijo:

—El día es el 8 de diciembre de 1980, en la ciudad de Nueva York.

Heriberto Heliogábalus Dolor paseaba tranquilamente al anochecer por el Village, un barrio bohemio y artístico que le suscitaba algún tenebroso recuerdo. Había ido a comer hamburguesas («Déme veinticuatro hamburguesas dobles con pepinillo, por favor», y la asombrada muchacha vestida de animador de fiestas infantiles que hablaba con un alargado ser de metal no sabía si hacer caso a aquel extraño cliente o si llamar al encargado; por suerte para ella, decidió pedir las hamburguesas) y a ver a Rita. Lo hizo por ese orden, pues sabía que las hamburguesas no cambian con el tiempo, pero las personas sí. Y, en efecto, las hamburguesas no le decepcionaron, pero Rita era tan sólo una pálida Sombra de la mujer que fue. Había envejecido demasiado, como si hubiera vivido varias vidas. Dolor no se daba cuenta de que él tenía gran parte de culpa, la intensidad que le había exigido la había dejado agotada. Pero el capitán Heriberto era, sin duda, un caballero, y no le dijo nada sobre su aspecto. Es más, le prometió que se volverían a ver, y que ella sería más joven. «Puedo hacer que lo nuestro sea eterno, Rita, eterno de verdad», y se sonrieron, ella sin saber muy bien si creerlo, él con la seguridad de los invencibles. Y el capitán Dolor se despidió de Rita, pues tenía un trabajo que hacer.

Paseaba distraído, mirando a las muchachas con melenas coloreadas que se cruzaban con él, a los estudiantes japoneses, a una pareja de policías que comían perritos calientes en un carro ambulante. Tan absorto iba, que no vio cómo un joven de aspecto tímido y, a decir verdad, un tanto provinciano, se abalanzaba sobre él. Del choque salió mucho peor parado el joven, que cayó en la acera, con tan mala suerte que lo hizo sobre su cámara fotográfica. Destrozó la cámara y se fracturó una costilla.

—Lo siento —le dijo Dolor—. ¿Estás bien?

—Me duele el costado, creo que me he roto algo —contestó el muchacho.

—No te preocupes, te llevaré a donde te curen.

Dolor, que ya conocía aquella ciudad como si siempre hubiera vivido en ella, detuvo uno de los vehículos amarillos que circulaban por sus calles, y que los del lugar llamaban «taxis», y subió en él con el muchacho herido.

—A un hospital, cualquiera —ordenó al conductor.

—Gracias, señor, no soy de aquí, estoy en un viaje de turismo, y no hubiera sabido qué hacer... —dijo el muchacho.

—¿Cómo te llamas, chico? —le preguntó Dolor.

—Me llamo Mark, señor, Mark David Chapman. Soy un fan de los Beatles. Vengo desde Hawai sólo para ver a John Lennon.

El capitán Dolor sonrió. «A todos nos alcanza nuestro destino», se dijo sin sentir ningún asombro.

—¿John Lennon, dices? Es realmente curioso. Yo también quería verle hoy.

—Eso es fantástico. Sé todo lo que hace, sé incluso dónde vive, en un edificio al que llaman Dakota. Pienso ir a pedirle un autógrafo.

Al capitán Dolor no le gustaba perder el tiempo. Una vez que había visto el destino, ya nada le preocupaba.

—Bien, muchacho, ¿tú crees en el destino?

—¿Perdón, señor?

Sin esperar contestación, Dolor ya había cortado el cuello del turista hawaiano, y partido el del conductor, todo en muy, muy escasos segundos. Decidió que sería una buena idea disfrazarse como aquel muchacho. «Yo pediré por ti ese autógrafo», dijo al cadáver que ensuciaba el asiento trasero de aquel taxi.

Sir Nicholas había intentado que yo me quedara en Celestia esta vez. Tampoco le gustaba nada que fuera Marcia, pero con ella no le quedaba más remedio que transigir, porque era la única que podía utilizar el rubí en caso de que volviéramos a fallar. Pero yo no estaba dispuesto a perder la oportunidad de ver a John Lennon. Demasiadas horas de mi vida había empleado escuchando sus canciones y admirando su vida como para desperdiciar ahora esta oportunidad. Además, las grabaciones de los Beatles que yo prefería eran las que iban desde mediados de los años ochenta hasta casi el año 2000, para mí su período más creativo, y si, como sospechábamos, Lennon era asesinado en 1980, todo ese tesoro desaparecería para siempre. Bueno, ya sé que el universo entero desaparecería, pero prefiero pensar en términos un poco más asequibles...

El caso es que, con la ayuda de la profesora Berta, pude finalmente convencer a *sir* Nicholas de que me dejara viajar de nuevo hasta la Tierra.

Sir Nicholas llevaba consigo un localizador personal que pudimos sintonizar con la pauta energética de John Lennon (extraída por no sé qué complejo procedimiento técnico a partir de su voz grabada). El aparatito nos condujo hasta un edificio de apartamentos de aspecto lúgubre y fantasmal, como si algo demoníaco rondara por su interior. Era media tarde y el palisandro no había registrado aún ninguna actividad extraña en las líneas temporales.

—Esto va a ser una pérdida de tiempo —dijo *sir* Nicholas.

—Tal vez, pero es lo único que tenemos —dijo Pablo con convicción.

Sir Nicholas observó la señal de su localizador.

—El individuo, el tal Lennox, está en su apartamento, con otra persona, quizá su novia...

—Yoko Ono... —dije yo.

—Sí, muy listo, Yoko o no, o es esa tal Yoko o no lo es, y es otra cualquiera —observó *sir* Nicholas con un tono cáustico en su voz.

—No, quiero decir que se llama Yoko Ono, la novia japonesa de John —volví a explicar.

—Bueno, da igual... Lo que importa es que por aquí no hay ningún rastro del Asesino Temporal, así es que no vamos a ir a molestar al cantante. Lo mejor será intervenir tan sólo cuando sea necesario. Esperaremos hasta medianoche, y si para entonces no ha ocurrido nada, tendremos que regresar a Celestia —dispuso *sir* Nicholas.

Parecía bastante razonable aquel plan, así es que nos mostramos todos de acuerdo. Nos pareció lo más sensato quedarnos cerca de aquel edificio, al menos mientras John Lennon estuviera dentro. Nos repartimos en las esquinas del caserón. Marcia vino conmigo, la profesora Berta con Pablo, y *sir* Nicholas con el palisandro.

—Nunca habría creído que algún día podría ver en persona a John Lennon. Imagina, está ahí, en alguna habitación de este edificio... Es emocionante ¿no? —le dije a Marcia cuando estuvimos solos.

No me contestó. Últimamente Marcia no hablaba mucho. Casi prefería comunicarse con los ojos. Por eso me miraba con una profundidad que escondía muchas cosas: tristeza, soledad, melancolía y cansancio, pero también, o así lo creí, un cierto amor, y también un sentimiento de estar creciendo con lo que nos ocurría.

—Ya sé que no son las mejores circunstancias posibles, que todo el mundo está en peligro, pero aun así... —continué sin éxito.

Traté entonces de mirarla con una intensidad que se aproximara al menos a la intensidad con la que ella miraba. Y Marcia reconoció mi intento, porque sí me habló entonces.

—¿Sabes, Leonardo? Pienso que hemos cambiado mucho durante estos días... Tú siempre me has gustado, no me atrevía a decírtelo porque pensaba que tú vivías en otro mundo, ocupado por otras obsesiones en las que yo no tenía ningún lugar, y por eso me callaba... Pero ahora... Ahora puede acabarse el mundo, como tú dices, y tú y yo no somos iguales, pero me sigues gustando, incluso más... —decía Marcia, y yo flotaba arrastrado por la música que eran sus palabras.

No dejé que siguiera hablando. Cogí sus manos queriendo cogerla entera, acerqué mis labios a los suyos y fuimos sólo dos jóvenes besándose, acariciando la lengua del otro, buscándose en la tensión de los abrazos...

Y así nos sorprendió el aviso de *sir* Nicholas por el intercomunicador.

—Atención, el palisandro ha detectado una oscilación en la línea temporal... Acudid de inmediato.

Nos separamos y miramos el cielo. No nos habíamos dado cuenta, pero hacía largo rato que había anochecido.

Pronto estuvimos todos juntos en la entrada del edificio. El palisandro era el encargado de seguir la pauta del asesino.

—Aún no se dirige hacia aquí —dijo.

—Esta vez parece ser que sí vamos a tener una oportunidad de detener a ese tipo, y no vamos a poder hacerlo sin lucha, así es que, Marcia y Leonardo, quiero que en cuanto empiece el jaleo os escondáis —nos dijo *sir* Nicholas.

—Pero, señor... —intenté protestar. Sin embargo, Marcia me hizo callar con un gesto. Tan imperiosa resultaba que no pude hacer más que obedecerla. Fuimos a refugiarnos en una cafetería cercana, desde la que podíamos ver perfectamente la entrada del edificio. Si algo sucedía, seguro que no íbamos a perdérnoslo.

Transcurrió algún tiempo, que Marcia y yo empleamos en beber un curioso refresco burbujeante de color oscuro, aunque no tanto como el cielo sin estrellas de algunas noches del invierno celeste. El local en el que estábamos se iba quedando cada vez más vacío. El encargado nos miraba con cierta desconfianza mientras limpiaba la barra con un trapo sucio. Nosotros, por supuesto, no le hacíamos ningún caso.

Miré un reloj que colgaba en la pared, justo frente a nosotros. Eran las once menos cuarto, según el cómputo terrestre. Marcia se distraía hojeando revistas de moda y actualidad («Es como estudiar historia», me contaba) y yo miraba embobado un aparato similar a nuestras holoquinesis, aunque mucho más primitivo, que no cesaba de emitir imágenes sobre algo que yo no sabía muy bien si era un juego o un tipo de batalla o acontecimiento bélico. Y fue justo en ese momento (Marcia miraba una fotografía, el camarero limpiaba un vaso con ensañamiento, yo giraba la cabeza para observar una vez más la calle) cuando apareció por la puerta. Sí, el mismísimo John Lennon salía del edificio en compañía de Yoko Ono, que iba cogida de su brazo. Recuerdo que lo primero que pensé fue lo difícil que era distinguirlos. Y, a partir de ahí, todo sucedió muy deprisa.

Un hombre joven, con aspecto bonachón y cierto aire de despiste, apareció de entre las Sombras, con un cuaderno y lo que me pareció, desde la distancia, un instrumento para escribir. Pero apenas si tuvo tiempo para dirigirse a John Lennon, porque desde lo alto le cayó encima *sir* Nicholas, al que corrieron a ayudar Pablo y la profesora Berta. Marcia y yo nos habíamos lanzado contra los cristales para poder verlo todo mejor, pero no podíamos oír nada desde allí. Yo quise salir, pero Marcia me retuvo. La forma en que me miró fue más fuerte que cualquier orden, y me quedé con ella.

El desconocido arrojó lejos de sí, con un gesto aparentemente banal, a nuestros amigos. *Sir* Nicholas ya había sacado uno de sus extraños aparatos de algún bolsillo de su chaqueta y apuntaba hacia el muchacho. Pudimos ver con claridad que éste gritaba algo, pero no lo oíamos. De pronto, como si lo hubiera arrancado del mundo una mano invisible, desapareció. El palisandro empezó a brillar, lo que indicaba que el desconocido había efectuado un salto temporal. Sólo entonces, Marcia y yo decidimos salir de la cafetería.

John Lennon y Yoko Ono estaban muy pálidos, apoyados contra la pared del edificio. La profesora Berta y Pablo hablaban con ellos, mientras *sir* Nicholas cuchicheaba en una esquina con el palisandro. Marcia y yo llegamos corriendo.

—¿Qué ha pasado? ¿Quién era ese tipo? —grité.

—Era el asesino, claro —me respondió la profesora Berta.

—Sí, ha gritado algo sobre el módulo de Disolución y ha desaparecido —dijo Pablo.

Lennon y Ono apenas si podían hablar. Les costaba respirar. Era como si el mundo se hubiera disuelto delante de sus ojos.

—¿Quiénes... quiénes sois? —pudo por fin preguntar John Lennon, que nos miraba como si fuéramos ángeles, o bien enviados de lo Oscuro.

—Yo... yo soy uno de tus mayores admiradores... y hemos venido a salvarte... Ese tipo te quería matar —dije muy deprisa.

Yoko Ono nos miraba como si estuviésemos locos. Le susurró algo al oído a John.

—Deberíamos llamar a la policía... —empezó a decir Lennon.

—Eso no será necesario. Nosotros nos vamos inmediatamente —*sir* Nicholas se había acercado, después de hablar con el palisandro. Parecía preocupado, mortalmente preocupado. Y eso que habíamos evitado que el asesino consiguiera completar su plan.

—Todo esto es más bien extraño... —dijo John Lennon.

—Señor, venimos del futuro, y hemos salvado el universo salvándolo a usted. Lo que no significa que deba usted creerse un dios o algo parecido —dijo abruptamente *sir* Nicholas. Lennon estaba demasiado apabullado como para contestar algo coherente.

—*Sir* Nicholas es un poco brusco, señor, pero yo admiro sus canciones... —empecé a decir. De pronto, una melodía que alteró el perfil de las cosas no me dejó seguir hablando. Marcia había comenzado a cantar.

Esa música nos unía en una especie de círculo invisible. Lennon y Ono ya no estaban asustados. Cuando Marcia terminó de cantar, ya no nos miraban del mismo modo. Como si hubieran comprendido quiénes éramos y qué hacíamos allí.

—Compondré una canción y será para vosotros —dijo John Lennon.

—*In my angel's company* —dijo entonces Yoko Ono, y fue la primera y la última vez que habló.

¡Así es que ése era el origen de mi canción favorita de los Beatles! ¡Qué oscuras vueltas da el destino!

Entonces, el palisandro iluminó toda la calle con un resplandor azul y advirtió:

—¡Está en Celestia, está en Celestia!

Miré durante un segundo a Lennon y a Ono, sabiendo que nunca más volvería a hacerlo.

Viajábamos en el módulo a través de la distorsión. El asesino había saltado hasta Celestia y debíamos detenerle. Aún tenía su propio módulo, y nada estaría resuelto definitivamente hasta que no consiguiéramos arrebatárselo.

—¿Por qué huyó con tanta facilidad el asesino? Parecía muy fuerte... —pregunté.

—Porque yo podía haber aniquilado su módulo de Disolución Cronal con esto —dijo *sir* Nicholas mientras me mostraba el extraño aparato que vi desde la cafetería.

—Y no quería en absoluto quedarse atrapado en aquella época —continuó *sir* Nicholas.

—¿Le conocías? —preguntó la profesora Berta.

—Llevaba un buen disfraz, creo que utilizó la verdadera piel de otra víctima... Estaba irreconocible, pero...

—Pero ¿qué? —preguntamos todos.

—Su olor, ese olor inconfundible...

Sir Nicholas no quiso seguir hablando, y nosotros respetamos su silencio. Ya entrábamos en la atmósfera encantada de Celestia.

El palisandro era el encargado de rastrear la pauta de energía del asesino. Y nos conducía hacia la casa de Cuff.

—¡Wang! ¡Quiere matar a Wang! —gritó *sir* Nicholas en cuanto vio el rumbo que nos señalaba el palisandro.

—¿A Wang? ¿Y por qué razón? No lo entiendo... —dijo la profesora Berta.

—No hay que entenderlo, es una intuición... Sin intuición no se puede realizar mi trabajo —aseguró *sir* Nicholas.

Volamos lo más rápidamente posible hacia el estrato donde vivía *sir* Nicholas. Ya desde lejos podía verse la columna de humo amarillo que alumbraba el cielo de Celestia como una antorcha.

Cuando llegamos, sólo quedaba un rastro de destrucción. Todos los invernaderos y pabellones del jardín habían sido meticulosamente arrasados. La columna de humo salía directamente desde el centro de la casa.

Dentro era aún peor. Del techo del salón, alto como el vuelo de un águila extinta, colgaba el cuerpo de Wang, sostenido por un hilo de seda. Su sangre goteaba hasta formar un charco a sus pies.

—¡Wang! ¡Wang! —gritó Marcia.

Wang aún respiraba. El asesino lo había mantenido con vida a propósito.

—¡Wang! ¿Puedes hablar? —le preguntó *sir* Nicholas después de descolgarlo.

Wang abrió los ojos para mirarnos con melancolía. Entonces dijo:

—Canta el excelso Bai Juyi: «Mi plopia vida y la etelnidad están sepaladas pol lemotas tielas».

—Vamos, Wang, no es momento de recitar versos y acertijos. Te llevaremos inmediatamente a un hospital —dijo Pablo.

—Cuidado. Yo sólo soy un señuelo. Él volvelá. Está aquí —pudo aún decir Wang antes de desmayarse.

Y entonces apareció. Oscurecía la luz con su presencia. La imagen de lo desconocido y de lo inevitable se presentaba ante nosotros. Tanta era su majestad que ni siquiera podías sentir miedo.

—Ya estamos todos juntos, por fin. Después de tanto tiempo malgastado, y de tantos viajes por esos universos... ¡Qué bonito es reunirse todos! ¡Qué felicidad! ¡Ah!, pero a todos nos alcanza nuestro destino, ¿verdad? —dijo el asesino.

—¡Dolor! No puede ser, estabas muerto... Lo sabía, lo sabía... —dijo *sir* Nicholas.

—¿Muerto? ¿Muerto yo? Así debías creerlo, Cuff, mi enemigo. No puedo morir, Cuff, soy Dolor, y el nombre del mundo es Dolor, soy la sustancia de las cosas, estoy en todo, nada existe sin Dolor, ¿no? Soy tan eterno como el propio universo, tan eterno como vosotros. Y soy vuestro destino. Yo, el capitán Heriberto Heliogábalus Dolor, el príncipe de la Desesperación. Sí, admito que habéis obtenido una victoria tan parcial como parciales son vuestras pálidas existencias, pero lo único que habéis conseguido es retrasar lo inevitable... Volveré a matar a ese cantante. ¿Sabéis? En realidad, no hay ninguna prisa...

Y entonces ocurrió algo que ni siquiera el asesino podía esperar. Un fogonazo iluminó la casa, una luz escarlata. Y apareció el Cazador.

La escena pareció congelarse durante un instante. Hasta que el Cazador, con un chasquido, desapareció súbitamente para aparecer, apenas un segundo después, detrás de nosotros, de Marcia y de mí, que estábamos en un rincón, tan asombrados y atónitos que ni siquiera podíamos gritar.

—¡Quieto, Cazador! Son tan míos como mi sangre. Si los tocas, sucio estiércol de abominación de letrina, serás desmembrado... —advirtió el capitán Dolor.

Por lo menos, así sabíamos que el Cazador y el asesino no estaban juntos. No nos consolaba demasiado: era, o morir a manos de uno o a manos del otro. El Cazador no decía nada, pero sentíamos la mirada de sus ojos invisibles como una lengua a nuestras espaldas.

Sir Nicholas, Pablo y Berta miraban la escena como si estuvieran en una holoquinesis. El palisandro había desaparecido, o se había vuelto invisible.

Entonces, el Cazador cogió a Marcia del cuello y la alzó como si fuera tan ligera como un suspiro. Y después, con la garra que le quedaba libre, me agarró a mí por un tobillo y me levantó. La sala giraba a mi alrededor como un carrusel. Parecía que volaba.

Y de pronto caímos al suelo, Marcia y yo. La fuerza que nos sujetaba había desaparecido, las garras del Cazador se habían abierto como una almeja gigante bien hervida dejándonos caer. El capitan Dolor había aparecido junto al Cazador, le agarraba el cuello, grueso como una columna del templo, y lo agitaba como el aire que azota los árboles del parque.

—Cazador, rastrero mercenario salivoso, incluso tú tienes un destino —le decía ferozmente el capitán Dolor, al mismo tiempo que le apretaba el cuello.

El Cazador cambiaba de color, agitaba las piernas con tanta fuerza que parecía que podían salirle disparadas en cualquier momento. Vi cómo *sir* Nicholas aprovechaba la ocasión para comunicarse con alguien por medio de un transmisor que tenía en su manga.

El capitán Dolor, entretanto, no dejaba de gritar.

—¿Cuánto vale tu cabeza, Cazador? Si pagara yo, valdrías menos que un eructo de zardia enferma de halitosis... Ah, pero tu cabeza no quedaría mal en la proa de mi nave, ya sé que resiste el frío y el vacío del espacio.

El Cazador intentaba sacar algo de un bolsillo lateral de su pantalón, pero ningún gesto escapaba a la percepción del capitán Dolor.

—¡Ah!, ¿quieres un arma? ¡Qué tierno! Pero ya me aburres, Cazador, y tengo trabajo.

El capitán Dolor apretó con más fuerza, y tardó apenas unos instantes en quedarse con la cabeza enorme del Cazador como trofeo. La miró un momento, le escupió con desprecio y se la colgó del cinturón. El cuerpo del Cazador había quedado inerte en el suelo. De él manaba como de una fuente un líquido verde que humeaba como una fumarola de Vulcania.

Y entonces un silbido muy agudo sonó en la sala. Provenía de un aparato que el capitán Dolor sacó de su chaqueta.

—¡¡¡Nooo!!! ¡Maldito seas, Cuff, y maldita tu descendencia! —gritó el capitán Dolor.

Sir Nicholas le miraba con cierto aire de triunfo.

—Sí, Dolor, el invencible Heriberto, el fascinante Heliogábalus, quizá seas inmortal, pero también un poco torpe... Te has quedado sin el módulo... ¡Qué divertido! Y no pienses en usar el nuestro, porque también lo he destruido... —decía *sir* Nicholas.

Enseguida comprendí con quién hablaba *sir* Nicholas por el intercomunicador. El palisandro había utilizado sus habilidades para destruir los módulos de disolución. Eso resolvía un problema, tal vez el mayor, porque impedía que la misión del capitán Dolor se cumpliera, pero nos dejaba expuestos a su venganza.

Pero el capitán empezó a sonreír. La expresión de su rostro cambió.

—¡Felicidades, Cuff! Parece que has vencido... Ya no puedo matar a ese Lennon, porque ya está muerto, ¿no? Ya sé que de otra manera... ¡Qué paradójico y complejo es el destino! ¿Ves? Yo nunca pierdo, el destino siempre se cumple, y quizá el mío era éste... Ya no me interesa mataros, la venganza es para los mediocres... Además, creo que será divertido volvernos a encontrar... Bien, no es que no goce de vuestra compañía, pero tengo que marcharme. Debo visitar a unos amigos que tienen una deuda conmigo... ¡Ah!, y gracias por darme la oportunidad de acabar con ese lametubos del Cazador... ¡Y pensar que había quien pensaba que era mejor que yo...! ¡Adiós!

Y el capitán Dolor, Heriberto Heliogábalus para sus amigos, el rostro de la muerte para sus enemigos, desapareció ante nuestros ojos. Esa forma de presentarse y de irse ya no me impresionaba como al principio, pero aun así...

—Hay que llevar a Wang al hospital, y rápido —dijo Pablo rompiendo el silencio.

Pero antes de que pudiéramos movernos, apareció una nueva visita. La Dama del Velo había entrado tan silenciosamente y escondida como entra la muerte.

—No es necesario, Pablo, Wang viene conmigo. Nosotros le curaremos —dijo la Dama.

La Dama envolvió a Wang en una especie de capullo de luz, y se volvió entonces hacia nosotros.

—Habéis realizado una tarea espléndida. El universo os debe mucho, mucho más de lo que imagina... Y tú, Marcia, creo que ya no necesitarás ese rubí... —dijo la Dama.

Marcia se sacó el Rubí de las Nieves, que colgaba de su cuello, y se lo entregó a la Dama.

—Gracias. Creo que todos habéis aprendido algo... Ahora, tengo que marcharme... Hay que llevar a Wang a otro lugar... Nicholas, ¿podemos hablar un momento a solas?

Sir Nicholas enrojeció ligeramente. No creía que alguien como él fuera capaz de ruborizarse. Pero contestó que sí, y los dos desaparecieron. Nunca supimos lo que pasó entre ellos.

Nos quedamos solos la profesora Berta, Pablo, Marcia y yo. El palisandro había desaparecido de nuestras vidas tan misteriosamente como había aparecido.

—¿Habrá que ir al instituto mañana? —preguntó la profesora Berta.

Los cuatro empezamos a reírnos.

LAS VOCES OSCURAS (INTERLUDIO)

La oscuridad de la sala parece más densa —si eso es posible— que otras veces. Algo está alterando la sustancia de la dimensión.

UNA VOZ: No sé, no creo que se trate de nada bueno...

OTRA VOZ: Es mejor no pensar así... es peligroso...

UNA TERCERA VOZ: Es mejor no pensar...

UNA VOZ: Es mejor no decirlo siquiera....

OTRA VOZ: Pero estos parámetros...

ALGUNA VOZ: Sí, sólo pueden significar una cosa, pero dejemos que sea Él quien lo decida. Es mejor para la salud. Recordad lo que sucedió cuando los resultados del campeonato intergalaxias no fueron los que habíamos pronosticado....

TODAS LAS VOCES *(con un tono de asco y miedo al mismo tiempo)*: ¡Buurrr....!

Un temblor y un relámpago de luz azul interrumpe tan interesante conversación.

ÉL: ¡Néctar! ¡Y más que nunca!

Alguna de las Sombras se mueve para ir a activar la manguera. Él consume de un trago la producción de néctar de una cosecha entera.

ÉL: ¡Más!

UNA VOZ: Pero...

Un chisporroteo y aquella voz queda afónica para siempre.

ÉL: ¡Más he dicho! ¡Y rápido!

Pero antes de que alguna otra de las voces se atreva a decirle a Él que ha terminado con todas las existencias disponibles de néctar, un nuevo chasquido de luz, etcétera, alumbra durante un instante la sala sombría.

HHD: ¡Néctar!

UNA VOZ *(hasta el gorro)*: ¡Ya está bien! ¡No queda néctar, os lo habéis bebido todo!

HHD *(alegremente)*: ¡Qué simpática! Pues no dice que no queda néctar...

Y el capitán Dolor siega la Sombra como si cortara un tallo primerizo de trigo.

ÉL: ¿Qué haces aquí, Dolor? Tienes un trabajo por hacer...

HHD: ¡Oh!, lo que he podido hacer ya está hecho, y vengo a que me paguéis...

UNA VOZ: Eso queríamos decirle, Su Optimicidad... Algo va mal en las líneas temporales... Los cambios se han detenido...

ÉL: ¿Y encima quieres cobrar, Dolor inútil? Has fracasado, miserable, no sé qué dirá el comité...

HHD: Cuidado, Sombra sebosa, cuidado... Soy Dolor, no lo olvides...

ÉL: Debimos encargarle este trabajo al Cazador... Él es un verdadero profesional, y no un chulesco vividor, como tú....

HHD *(irritado)*: Escucha, tonel de néctar caducado, nunca, óyeme bien, nunca me compares con ese atascainodoros... Mira...

El capitán Heriberto Heliogábalus Dolor alza la cabeza del Cazador y se la muestra a cuantas Sombras quieran verla.

HHD: No queda mal como pisapapeles, pero creo que la prefiero para mascarón de mi nave...

Aquello es como una bomba de luz que explotara súbitamente en la sala. Todo se estremece, incluso Él.

HHD: Y vengo a cobrar lo que me debéis...

ÉL *(extraordinariamente fuera de sí)*: ¿Cobrar, dices? ¿Por un trabajo mal hecho? Mejor desaparece de aquí antes de que te fría con mis antenas...

HHD *(feroz)*: Nada vivo me ha amenazado nunca, Su Ebriedad, nada... Y pareces olvidar que ha habido muchos asesinatos previos, y que sólo ha faltado uno... Ésos me los tienes que pagar...

ÉL: Sí, sólo ha faltado uno, pero el más importante. Sin ése, todos los demás son inútiles, la profecía no se cumple...

HHD: Me importa una mierda de zardia la profecía... Quiero mi dinero, ahora.

ÉL: Creo, Dolor, que no sabes con quién estás hablando...

HHD: Sí, hablo con un obeso descerebrado al que no le quedarán muchos toneles de néctar que beber como no me pague..

ÉL *(más bien asombrado)*: ¿Me amenazas? Nadie se ha atrevido nunca a hacerlo... Ahora sí que estás perdido, Dolor... Pero así mueren también las leyendas...

Hasta ese momento, las voces han mantenido un prudente y expectante silencio, pero ahora no pueden reprimir un murmullo, mezcla de ansiedad y miedo.

HHD *(satisfecho de sí mismo)*: Bien, hasta las Sombras tienen un destino que cumplir... Es muy satisfactorio comprobarlo...

Las antenas de Él han empezado a brillar, ondas de luz escarlata surgen de sus extremos, y giran cada vez más, hasta que un rayo vivísimo alumbra la oscuridad y alcanza a Dolor en el pecho.

ÉL: Así mueren los insensatos y los insolentes... Aprended, Sombras, aprended...

La oscuridad ha vuelto a cubrir la sala, una vez que la luz del disparo ha desaparecido. Pero enseguida se ilumina de nuevo, esta vez con una luz blanca que sale directamente del pecho incandescente de Dolor.

HHD *(pletórico)*: ¡Ah! ¡Qué refrescante! ¿Podrías hacerlo otra vez, por favor? Siento un pequeño escozor en la tetilla...

ÉL: *(entre asombrado y asustado)*: Pero... ¿cómo es posible? Nunca nadie...

Jamás termina la frase, porque el capitán Dolor corta su garganta invisible en gruesas porciones que arroja como si fueran filetes de zardia en un matadero industrial.

HHD: Ya no pareces tan altivo, ¿verdad, borracho asqueroso?

El capitán se vuelve hacia el resto de las Sombras.

HHD: Y vosotras vais a pagarme, ¿no?

LAS SOMBRAS *(unánimemente)*: ¡Sí! ¡Faltaría más!

Y pagan al capitán Heriberto Heliogábalus Dolor, que desaparece mientras medita acerca del destino y sus misterios, y también acerca de *sir* Nicholas Cuff, soñando con su próximo encuentro.

UNA VOZ: ¡Lo ha matado!

OTRA VOZ: ¡Le ha rebanado la garganta!

CUALQUIER VOZ: ¡Era imposible!

UNA VOZ: Habrá que avisar al Consejo...

OTRA VOZ *(con tono cómplice)*: Sí, pero hasta entonces... ¡Néctar!

Y todas las Sombras corren a beber del néctar que mana como una catarata de la garganta rasgada de Él. No saben cuándo podrán volver a hacer una fiesta.

XXII

FINAL

LEONARDO: ¿Sabes, Marcia? Lo que más me gusta es que vuelvas a ser como antes. Estabas muy rara mientras llevabas ese rubí colgado del cuello...

MARCIA: Pero no soy como antes, Leonardo... Y tú tampoco...

LEONARDO: No, claro, hemos cambiado... Ahora sabemos que nos gustamos. ¡Y nos hemos besado! Aunque es verdad que eso fue hace mucho, mucho tiempo... Varios siglos...

MARCIA: Bueno, admito que en cierto sentido sigues siendo el mismo... Por ejemplo, este paseo en bicicleta... Como si quisieras que las cosas fueran como antes. Y ya no puede ser... Mi padre murió...

LEONARDO: ¡Y yo lo siento tanto! Pero hemos aprendido muchas cosas, y tenemos unos recuerdos que nunca van a abandonarnos. Hemos viajado por el tiempo como si fuera un parque de atracciones, y hemos estado en planetas que ni siquiera sabíamos que existían... Pero no cambio nada de eso por haberte besado, Marcia. Ni siquiera el haber conocido *personalmente* a John Lennon...

MARCIA: ¡Si supieras cuánto tiempo llevaba yo esperando un beso como ése! Pero ahora tendremos todos los besos que queramos, Leonardo. Es como ser rico...

LEONARDO: Sí, podemos besarnos ahora mismo, bajo aquel sicomoro, por ejemplo...

MARCIA: ¡Adoro los sicomoros!

LEONARDO: ¡Vamos!

MARCIA: Cada vez lo haces mejor..

LEONARDO: Tú también...

MARCIA: ¿Recuerdas cuando tuvimos que andar por todos esos lugares extraños, llenos de bichos monstruosos, el día de Zoocosmos?

LEONARDO: Sí, claro que lo recuerdo.

MARCIA: Pues ese día me di cuenta de que me gustaba sentir que me protegías... Aunque no fuera más que una sensación falsa. En realidad, tuvimos mucha suerte de poder salir vivos de allí...

LEONARDO: Y a mí me gustaba verte tan desvalida y necesitada... Era como tener una misión... Como si al notar que me necesitabas tuviera algún sentido estar allí.

MARCIA: Lo que sí hemos aprendido es a hablar de lo que sentimos... Antes no sabíamos.

LEONARDO: Yo creía que yo no significaba nada para ti..., éramos amigos, claro, pero nada más. Yo estaba ciego, pensaba que me veías como a un niño...

MARCIA: ¡Y te veía como a un niño! Como a un niño que no se atrevía a decirme cuánto le gustaba, y no se atrevía a besarme, y se refugiaba en esas aficiones de solitario, como estudiar el siglo XX, o el ajedrez.

LEONARDO: ¡Eh! Que todo eso todavía me gusta...

MARCIA: Ya, ya lo sé... Pero no es igual, no es una escapatoria.

LEONARDO: Oye, Marcia... ¿Y qué sentías mientras llevabas el rubí? ¿Qué te decía la Dama?

MARCIA: No sé muy bien cómo explicarlo... En cierto modo, es como si se hubiera borrado de mi cabeza. Como si no fuera yo, pero al mismo tiempo sin dejar de serlo... Como ser dos personas a la vez... Me sentía como una sacerdotisa... Y no recuerdo nada en absoluto de lo que me decía la Dama cuando nos quedábamos solas.

LEONARDO: ¿Tú crees que *sir* Nicholas Cuff estaba enamorado de ella?

MARCIA: ¿Enamorado como la profesora Berta y Pablo? No, de ese modo no... Pero creo que sí siente algo por ella...

LEONARDO: ¿Y enamorado como tú y como yo?

MARCIA: ¡Idiota!

LEONARDO: Creo que el gobierno piensa prohibir las investigaciones sobre nuevos módulos de Disolución Cronal. Ha sido demasiado peligroso. Han encargado a *sir* Nicholas que haga un informe...

MARCIA: No creo que sirva para nada. Tú conoces la historia. Siempre que algo ha sido posible, siempre que se podía hacer algo, lo que fuera, acababa haciéndose... Acuérdate de la clonación de esclavos. Ahora hay planetas enteros llenos de ellos.... Y eso que se prohibió por completo... No sé, quizá soy demasiado pesimista.

LEONARDO: Tal vez tengas razón... Pero también puede hacerse algo bueno con todos esos avances, ¿no?

MARCIA: Sí, supongo... Pero no quiero hablar de eso. Ahora no.

LEONARDO: Ya sé que es difícil hablar y montar en bicicleta al mismo tiempo, pero vamos muy despacio...

MARCIA: No es por eso, bobo... Es que no me gusta el tema de conversación.

LEONARDO: ¿Y de qué quieres hablar?

MARCIA: Hummm... De ti, por ejemplo.

LEONARDO: ¿De mí? ¿Y qué quieres saber? Si ya lo sabes todo.

MARCIA: No, no lo sé todo... ¿Tú qué has aprendido?

LEONARDO: A besarte, lo primero... Y supongo que otras muchas cosas, que no sé explicar, pero que siento dentro de mí...

MARCIA: Pero yo deseo saberlas...

LEONARDO: ¿Sabes, Marcia? Creo que voy a escribir una novela de ciencia ficción para decírtelas mejor. Mi primera novela. Y yo adoro la ciencia ficción...

EPÍLOGO

COMO ES BIEN SABIDO, ésta es la primera traducción completa y literal —en la medida de lo posible— que se ha hecho a nuestra lengua del ya polémico y famoso libro titulado, con mayor o menor fortuna, *El Asesino Temporal.*

Cuando, hace ahora apenas un año, apareció el manuscrito en la ciudad de Nueva York, junto a una fuente de Central Park, dentro de una caja hecha de un material desconocido para nuestra ciencia, pocos imaginaban que ese hallazgo iba a generar tantas discusiones y controversias, no sólo en los medios académicos, sino incluso en la opinión pública.

Dos han sido las teorías principales que han sostenido cada uno de los bandos: la de quienes defendían que se trataba de un manuscrito *auténtico* (es decir, que provenía realmente de unos doce o trece siglos en el *futuro*), y la de quienes argumentaban que todo el asunto no era más que una superchería, que los más desconfiados atribuían a una campaña de publicidad orquestada por la editorial que lanzó la novela al mercado.

Quienes aseguran que no se trata más que de un mecanismo ingenioso para vender mejor un producto se apoyan en diversas evidencias científicas: la imposibilidad de los viajes a través del tiempo, las incoherencias históricas que muestra la novela (por ejemplo, John Lennon sí fue realmente asesinado ese infausto 8 de diciembre de 1980; hay muchas otras, pero el lector será capaz de descubrirlas por sí mismo), la falta de explicación acerca del funcionamiento de todos esos avances imposibles en transportes, etcétera, que aparecen salpicados a lo largo del texto... Y no les faltan, incluso, argumentos de carácter literario o artístico, como la existencia de una antigua tradición que consiste en afirmar que el libro que se publica no es más que un manuscrito hallado en algún lugar, que puede ser una botella, un viejo arcón, una biblioteca o un papel recogido en el suelo. En este punto, las variaciones de la imaginación son infinitas. Y defienden que no se trata más que de una novela, sin gran interés literario, que pertenece al género menor de la ciencia ficción.

Antes de exponer brevemente las réplicas que los defensores de la autenticidad de la obra oponen a esta batería de pruebas, nos gustaría aclarar someramente este asunto de la ciencia ficción, por si pudiera aportar alguna luz al misterio que nos ocupa.

El problema del género de la novela (ciencia ficción u otra cosa) se relaciona con otro de los puntos de discusión que esta obra ha provocado. Nos referimos al problema del autor. ¿Hay uno o dos autores? En el libro encontramos por lo menos tres narradores (Leonardo, Marcia y un narrador en tercera persona). Los que defienden la literalidad del manuscrito arguyen que se trata de un diario escrito por dos personajes reales que viven en nuestro futuro, y que nos envían la obra a modo de advertencia. Éste sería el bando más radical; y es conocido por todos el problema social que se ha creado, pues han llegado incluso a formar una suerte de secta del Asesino y andan proclamando el fin del mundo si no rectificamos nuestra actuación en la Tierra. Pero dentro de los que creen en que la obra es auténtica, están también quienes opinan que se trata de una novela, una obra de arte del siglo treinta y tantos. El hallazgo literario más importante de la historia. Sostienen que el juego de narradores es una técnica literaria como otra cualquiera, y que no debemos confundir al autor con los personajes.

Una tercera corriente argumenta que el libro que conocemos es la novela que Leonardo anuncia que va a escribir en el cierre del último capítulo. Pero Leonardo nos dice que él quiere escribir «una novela de ciencia ficción». Y bien, la pregunta es: ¿cómo sería una novela de ciencia ficción en el siglo treinta y pico? Desde luego, no como la obra que conocemos. Si se trata de un libro que verdaderamente proviene del futuro, y lo que en él se nos describe es tal y como será el universo para entonces, debemos concluir que no hay nada de ciencia ficción en él, pues todo es real —al menos para su autor y para sus personajes—. Hay otra pista dentro del libro, una alusión pasajera del personaje del capitán Dolor a lo absurdo y contradictorio de la expresión *ciencia ficción.* Y admite no saber qué extraña cosa sea. Dejamos aquí este tema, porque pensamos que ya posee el lector suficientes conocimientos como para formarse su propia opinión, y tampoco es la intención de este epílogo la de resolver todos los problemas que el libro plantea.

Veamos ahora cómo defienden la autenticidad de la obra quienes creen que se trata de un testimonio del futuro.

En primer lugar, no creen que la imposibilidad científica de viajar en el tiempo demuestre nada. Nosotros, *ahora*, no podemos realizar tal clase de viaje, pero eso no significa que dentro de unos diez siglos no seamos capaces de hacerlo.

El argumento de que las innovaciones científicas y tecnológicas que aparecen en la obra estén sin explicar se vuelve en su favor. En efecto, opinan que no tienen por qué explicarse ya que son perfectamente conocidas y cotidianas para un lector del siglo treinta y algunos. De hecho, explicarlas sí implicaría, tal vez, que la obra es una superchería.

Y los hechos históricos, finalmente. John Lennon sí murió asesinado y Adolfo Hitler no. Esto seguramente resulta una desgracia de tantas de las que se producen en la historia. En el mundo descrito por la novela (quizá habría más bien que decir *en el mundo insinuado por la novela*) los hechos ocurren al contrario de lo que conocemos. Según los defensores de que la obra es un testimonio real, esto sólo significa que nuestros ángeles del futuro (o quien sea) están en una línea temporal divergente. ¿Cómo ha llegado entonces este libro hasta nosotros? Ésas son cosas que no estamos capacitados para saber, pero que quizá se aclaren algún día.

Esta exposición no sólo pretendía ser un somero resumen de la discusión en torno al Asesino Temporal. El verdadero propósito de este epílogo era otro, simplemente aclarar algunas expresiones que pueden resultar confusas para un lector de esta traducción, explicar en la medida de lo posible algunas alusiones, etcétera. Es decir, establecer una especie de glosario de expresiones extrañas.

En el libro se citan una gran cantidad de nombres geográficos (planetas, galaxias, etc.) que, en la mayoría de los casos, se explican por sí mismos, y nosotros no vamos a decir nada de ellos. Tampoco pretendemos dibujar un resumen del mundo descrito. Pensamos que la principal utilidad de nuestro trabajo será hacer una lista de expresiones que puedan asemejarse a otras que sí empleamos nosotros, y por eso la añadimos a continuación:

—*Me miró como miran los zargales*: esta expresión (cap. I) se utiliza en otra variante, *ojos de zargal asustado* (cap. X). El zargal debe de ser una especie animal desconocida para nosotros. No se nos da ninguna pista en el texto. Pensamos que se trata de una frase con un sentido similar a nuestra expresión *mirar con ojos de carnero degollado.*

—*No tenemos toda la revolución del astro*: ésta es una de las expresiones más fáciles de entender de toda la obra. Simplemente, equivale a la nuestra *no tenemos todo el día.*

—*En menos que canta un sastre*: en cambio, esta frase resulta más desconcertante. Por su forma, y por el contexto en el que aparece, parece ser equivalente a *en menos que canta un gallo*, pero, desde luego, es la palabra *sastre* la que nos inquieta. ¿Será que los sastres son una especie de animal cantante del futuro? ¿O más bien los sastres cantarán en el siglo treinta y pico como solían cantar los peluqueros en el nuestro? Es un misterio irresoluble.

—*Se me ponen las glándulas como anillo de cartago*: seguramente, expresión equivalente a nuestra *se me pone la carne de gallina*, pero no tenemos ni las más remota idea de qué puede ser un cartago, ni cómo puedan ponerse sus anillos.

—*Más vale ser zardia que damisela:* qué especie de animal sean las zardias está bastante detalladamente explicado en el libro. En cuanto a las damiselas, sólo hay otra leve alusión en el libro. Seguramente, se trata de un animal (u otra clase de ser: ¿una mariposa?) frágil y delicado, y el sentido de la frase sería que es mejor ser fuerte, despiadado y triunfador que bello, delicado y muerto.

—*No decía esta onda mental es mía*: igual que nuestro no decía *esta boca es mía.*

Aquí vamos a dar por finalizada nuestra tarea. Quizá en futuras ediciones podamos aprovechar los nuevos descubrimientos que sin duda van a hacerse en torno al fascinante misterio de este libro. Nos alegrará podérselos comunicar a ustedes.

Í@dice